Cornelia Hülmbauer
oft manchmal nie

Cornelia Hülmbauer

oft manchmal nie

Roman

Residenz Verlag

der vater baute mir einen drachen. er bespannte einen holzrahmen mit dickem papier und sprühte rote und blaue punkte darauf. an einem windigen tag fuhren wir mit dem auto zur großen wiese. der vater lief und brachte den drachen in die luft. dann durfte ich ihn halten. ich hielt ihn. er war schön. dann ließ ich los.

sei's wie's sei, stirbt d'kuah, bleibt's hei, sagte der vater und zitierte den ältesten mechaniker. die richtigen bauernregeln kannte aber die mutter.

manchmal durfte ich mit dem vater zum modellflugplatz fahren. dort war es langweilig, aber danach fuhren wir meist in ein gasthaus, und ich durfte pommes frites essen. einer der männer erzählte jedes mal von einer frau namens angélique aus dem fernsehen, woraufhin alle lachten. ich sah auf meinen teller. wenn die pommes weniger wurden, kam eine märchenfigur zum vorschein.

im kindergarten waren ein anderes mädchen und ich einmal zur selben zeit im waschraum. wir wollten nicht gleich wieder zurück zur gruppe und dachten uns ein spiel aus. wir kletterten über den heizkörper hinauf zum fenstersims, setzten uns nebeneinander und spielten raumschiff. wir waren pilotinnen, wir flogen, immer wilder, schaukelten hin und her, bis das mädchen plötzlich den halt verlor und hinunterfiel. sie schrammte sich am heizkörper den oberschenkel auf. sie weinte und sagte zur tante, ich hätte sie gestoßen. die tante sah mich an und sagte kein wort. später bekam das mädchen ein eis. mit mir sprach die tante den ganzen tag nicht mehr.

ich fragte das mädchen manchmal nach der verletzung. es dauerte lange, bis der bluterguss ganz weg war. sie erzählte mir, dass sie viel badete, weil das gut sei bei blutergüssen, und welche farben er gerade hatte. eigentlich interessierte es mich nicht, es war ja nur ein großer blauer oder violetter oder grünlich gelber fleck, aber alle dachten, ich sei daran schuld, also fragte ich weiter.

als die mutter einen großen babybauch hatte, sprang sie sehr oft, sehr fest die treppen unseres hauses hinunter. sie wollte, dass der bruder endlich kam, damit sie und er nicht am selben tag geburtstag haben würden. am tag vor ihrem geburtstag trug sie gerade einen marmorguglhupf zum vorfeiern durch den hof zum auto, als sie bemerkte, dass sie ins krankenhaus musste. als der vater und sie weg waren, fuhren die großeltern mit mir zu den anderen großeltern. wir aßen den kuchen ohne die eltern und warteten darauf, dass das telefon läutete.

der bruder trank kindertee aus instantpulver. er tobte und schrie viel, der tee vermochte ihn für eine weile zu beruhigen. kleiner stier, sagte die mutter zu ihm, wenn er, die augen noch nass vom weinen, kurz innehielt und heftig an der schnullerflasche saugte.

ich sammelte indessen die blechdeckel der kinderteedosen. sie hatten kräftige farben und waren mit lustigen motiven versehen. am rand wölbten sie sich nach oben wie kleine teller. mittags ging ich über den hof zum aufenthaltsraum der mechaniker. ich platzierte die blechdeckel auf dem tisch, für jeden der männer einen, und legte jeweils eine kleine süßigkeit hinein.

einer der mechaniker konnte radfahren, ohne die hände zu benutzen. ein anderer aß drei wurstsemmeln hintereinander. sein auto hatte scheiben, durch die man nur von innen nach außen sehen konnte, nicht umgekehrt. nach der gesellenprüfung gingen beide fort.

ich hatte dickeres papier zu einem buch zusammengeklammert und mit uhu fotos hineingeklebt, von unserem haus, von den eltern, den großeltern und vom bruder. vorne schrieb ich in großbuchstaben MEINE HEIMAT darauf. die mutter mochte nicht, dass die schönen fotos so fest in dem buch klebten. *heimat heißt aber etwas anderes,* sagte sie.

wenn man einen rauchfangkehrer sah, brachte das glück, aber nur, wenn man danach möglichst schnell auch einen briefkasten und einen mann mit brille sah und währenddessen außerdem einen knopf irgendwo an der eigenen kleidung drehte.

jetzt schmetterst du aber, sagte die großmutter, wenn ich etwas erzählte, das nicht stimmte. *schmähtandler* nannten einen die mechaniker, wenn man sich geschichten nur ausgedacht hatte.

wenn ich im haus den mittagstisch deckte, achtete ich darauf, dass die muster aller teller genau aufeinander ausgerichtet waren. ich glaubte beobachtet zu haben, dass es dadurch beim essen weniger streit gab. wenn der vater den tisch deckte, stimmte immer etwas nicht. dann rückte ich die teller in einem unbemerkten moment weiter zurecht.

urschel du, sagte die mutter und tätschelte meinen kopf. *hiasl du*, sagte die mutter und streichelte dem bruder über die locken.

einmal hatte der bruder zu schnell einen apfel gegessen. ein apfelstück steckte in seinem hals fest, er bekam keine luft. der vater sah die mutter an, packte den bruder, drehte ihn und hielt ihn an den beinen mit dem kopf nach unten. die mutter schlug dem bruder auf den rücken. das apfelstück fiel aus seinem mund auf den boden.

einmal, als der bruder zornig war, biss er meinem barbieauto die kühlerfigur ab. das war in den frühen jahren.

einmal, als der bruder zornig war, schlug er eine glastür so fest zu, dass die scheibe brach. das war später.

in den frühen jahren ging ich manchmal mit der großmutter zum einkaufen in das lebensmittelgeschäft im nachbarhaus. der besitzer, der meistens hinter der theke stand, war öfter schlecht gelaunt und die großmutter ärgerte sich dann über ihn, aber sie ging trotzdem immer wieder hinüber, blieb bei ihm stehen und redete lange mit ihm. manchmal kaufte sie außer lebensmitteln auch etwas von dem gewand, das auf einem ständer in der ecke hing, obwohl sie moderneres in der stadt kaufen hätte können, aber sie wusste, dass das lebensmittelgeschäft mit dem gewand am meisten verdiente. es gab auch pixibücher, zeitschriften und kleine spielzeuge, und von zeit zu zeit durfte ich mir etwas aussuchen, das die großmutter dann zu ihrem einkauf dazutat.

manche nachbarn klopften am wochenende an die fenster des lebensmittelgeschäftes. die frauen, wenn sie vergessen hatten, schlagobers für die mehlspeise zu kaufen, oder die männer, wenn sie noch einen kasten bier für unerwarteten besuch brauchten. die mutter ärgerte sich darüber, weil sie fand, dass die familie mit dem lebensmittelgeschäft am wochenende ruhe haben sollte. deshalb klopfte sie niemals an die scheiben, auch wenn ihr eine zutat zu einem kuchen fehlte, sondern rief die tante oder die mutter der freundin an und schickte den vater hin, um das besprochene abzuholen.

später, als der sohn des lebensmittelhändlers das geschäft im nachbarhaus übernahm, wurde es umgebaut, und es gab nur mehr für wurst und käse eine theke, sonst konnte man sich alles selber aus den regalen nehmen. wenn die mutter von dort wiederkam, zog sie manchmal eine modellflugzeitschrift aus dem einkaufskorb, die der vater durchsehen und wieder zurückgeben konnte, wenn nichts interessantes für ihn drinstand.

einmal im sommer fuhr ich mit dem vater später als gewöhnlich vom modellflugplatz zurück. es war schon dunkel und die landstraße leer. der vater machte die musik im radio ganz laut und stieg immer mehr aufs gas. es drückte mich in den sitz. ich sah zum vater hinüber. er lachte.

wenn die mutter fuhr und ich neben ihr saß, stieß sie beim schalten in einen anderen gang oft mit dem ellbogen gegen meinen oberarm. wenn die mutter gefahren war und danach der vater fuhr, hielt er kurz vor der ausfahrt aus dem hof noch einmal an, stellte den sitz ein großes stück nach hinten und sagte, *da ist wieder wer ganz vorne an der windschutzscheibe geklebt.*

wenn der vater fuhr und die mutter neben ihm saß, schaute sie an den kreuzungen immer auf ihrer seite aus dem fenster und sagte *geht,* wenn kein auto kam. bevor er losfuhr, schaute der vater aber immer selbst auch.

früh lernte ich, dass man keilriemen nicht durch damenstrumpfhosen ersetzen kann, wie man es in filmen sah. und dass man *riemen* ohne h schreibt, obwohl es auf den arbeitsberichten der mechaniker mit h stand.

einmal sollten wir im sachunterricht ein auto mit offenem verdeck benennen. ich sagte den namen des modells, das vor unserem haus zum verkauf stand. es war nicht die richtige antwort.

mein erstes wort *auto*. mein erster satz zur hitze des heizkörpers. in der schrift der mutter stand es in einem heft.

die mutter mochte ihren namen nicht. darüber, dass sie wenigstens den nachnamen wechseln hatte können, als sie den vater geheiratet hatte, war sie froh. als die mutter mit mir schwanger war, waren den eltern nur mädchennamen eingefallen. am ende wurde aber auch kein bubenname gebraucht, weil ich ein mädchen geworden war.

in den frühen jahren klebte mir die mutter die ohren vor dem schlafengehen mit leukoplast am kopf fest, damit sie in die richtige richtung wuchsen. später auch dem bruder.

darf ich auf deinen füßen gehen?, fragte ich den vater. *darf ich auf deinem rücken reiten?*, fragte der bruder ihn.

wir besaßen ein klappsolarium, das die mutter benutzte. in den wochen vor meiner erstkommunion legte ich mich jeden tag zehn minuten darunter. die mutter erinnerte mich, wenn ich nicht daran dachte.

am tag der erstkommunion gingen die freundin und ich als teil der prozession in weißen kleidern die abgesperrte bundesstraße entlang durch das dorf. als wir die eltern passierten, raunte die mutter der freundin meiner mutter zu, *ich weiß nicht, unser kind ist heute so blass*. meine mutter lächelte.

wenn man an einem finger oder am fuß eine warze hatte, half dagegen am besten taubenblut. das wusste die mutter vom großvater. weil wir aber kein taubenblut hatten, taten der bruder und ich salbe aus der apotheke darauf. die mutter hielt die spitze des heißen bügeleisens gegen ihre warzen. das half nach taubenblut am zweitbesten.

wenn ein zahn wackelte, wartete man, bis er sehr locker war. dann holte die mutter eine spule zwirn, band das eine ende des fadens um den zahn, das andere ende an eine türklinke und warf die tür mit einem kräftigen stoß zu.

im jahr der erstkommunion durften die mädchen zu fronleichnam ihr weißes kleid noch einmal anziehen und bei der prozession durch den ort unter dem himmel mitgehen. im jahr unserer erstkommunion regnete es zu fronleichnam, und es gab keine prozession. als wir deshalb in anderen kleidern in die kirche kamen, war die lehrerin verärgert. die mutter hatte mir extra eine weiße weste angezogen. das war der lehrerin egal.

in den jahren mit gutem wetter standen wir zu fronleichnam sehr früh auf, damit die mutter im garten pfingstrosen abschneiden und sie mir auf mein weißes plastikkörbchen binden konnte. das dauerte lange, sah aber sehr schön aus. während der prozession rupfte ich die großen, samtigen blütenblätter ab und ließ sie auf den boden fallen. einmal kam ein bursch aus meiner klasse angelaufen und riss mehrere der blumenköpfe von meinem korb ab. er streute sie vor mir auf den weg.

binden alle kinder den schlüssel zu ihrem zimmer an der türklinke fest?

weil die tür fliegt, wenn es zieht?
wenn sie wieder offensteht?
weil der schlüssel sonst nicht hält?

wenn für donnerstag schönes wetter angesagt war und die prozession stattfinden konnte, mussten vor dem haus kleine schmale birken in würfeligen betonklötzen platziert werden. der vater trug mit einem der mechaniker am mittwochnachmittag erst die schweren klötze, dann die bäume rund ums haus. am freitagvormittag räumten sie alles wieder weg. sie machten dabei finstere gesichter. *wir müssen ja, wegen dem geschäft*, sagte die mutter. in den frühen jahren tat die mutter auch vasen mit blumen und kerzen in die fenster, die zur bundesstraße hinausgingen. an eines dieser fenster stellte sich dann die großmutter und schaute zu, wie die prozession vorbeizog.

in den frühen jahren war das geschäft samstags geöffnet. der vater und ich machten papierflugzeuge aus rechnungsbögen. die flugzeuge des vaters flogen besser als meine. er faltete sorgfältig.

unter der woche wurde der vater im geschäft manchmal wütend oder traurig. er war es dann auch abends in den wohnräumen. manchmal hielt es tagelang an. manchmal, wenn ich ihn an einem tag länger nicht gesehen hatte, wagte ich nicht, im haus nach ihm zu suchen.

die rechnungsbögen waren mit dem logo der automarke und dem namen des vaters bedruckt. nach jedem bedruckten blatt kam jeweils ein reinweißes, so konnte man blaues durchschlagpapier dazwischenlegen und kopien anfertigen. die zusammengehörenden blätter wurden abgerissenen, mit einer büroklammer befestigt und leicht versetzt auf dem schreibtisch platziert, so dass man gerade noch die namen der kunden lesen konnte. manche kunden hatten besondere bezeichnungen und man brauchte eine zusätzliche zeile, um alles unterzubringen. einer, der immer extra aus der großen stadt zum service zu uns kam und einen firmenwagen fuhr, hieß *herr diplomingenieur*. die lehrerin aus der volksschule hieß *frau oberlehrer*. die mutter nannte immer den titel und den namen, wenn sie über diese kunden sprach.

im aufenthaltsraum der mechaniker gab es ein breites metallenes waschbecken. sie wuschen sich die schwarzen hände mit gelbem waschsand, den sie aus weißen plastikkübeln entnahmen, und rissen rosa putzpapier von großen rollen, um sich abzutrocknen. nach dem waschen waren die hände rot.

der vater hatte kleine hände. *für einen mann*, sagte er. er trug seinen ehering nicht, weil er damit nicht arbeiten konnte.

an der einfahrt zum hof gab es einen großen baum mit einem loch im stamm. in einem sommer flogen dort hornissen ein und aus. *hurnaus*, sagte der älteste mechaniker zu den hornissen. *hurerei*, sagte er manchmal auch. er mochte keine hurnaus. wenn er hurerei sagte, war er verärgert. es hat miteinander zu tun, dachte ich. *der kobel muss weg*, sagte der älteste mechaniker. er zog sich eine maske über den kopf, sprühte mit einem spray in das loch und rannte weg.

en masse, sagte der vater, wenn er meinte *viel*, und ich dachte an viele ameisen. *das geht auf keine kuhhaut*, sagte die mutter, wenn sie sich über etwas aufregte. zum polieren der wägen in der werkstatt wurde rehhaut verwendet.

wenn meine haare gewaschen waren, setzte ich mich auf einen hocker, und die mutter föhnte sie viele male über eine rundbürste. das war heiß und tat manchmal weh, aber danach war es eine schöne frisur. die kindergartenhelferin hatte gesagt, *von deiner mama lass ich mich auch einmal frisieren.*

manchmal stach die spitze eines ohrs durch den geföhnten haarvorhang. das war nicht so schlimm, außer auf fotos. einmal hatte ich vergessen, bescheid zu sagen, dass der fotograf in die schule kommen würde. ich trug an diesem tag nur einen gestreiften pullover.

kleidung, die der vater an ihr nicht mochte, zog die mutter nicht an. sie versuchte, sie gar nicht erst zu kaufen. *orange mag mein mann nicht*, sagte die mutter zur verkäuferin, *das ist die farbe der wehmacher. weh* hieß eigentlich *weg*. und wegmacher hieß eigentlich arbeiter bei der straßenmeisterei. das erfuhr ich aber erst später.

so willst du fahren?, sagte die mutter zum vater, wenn er in die stadt musste, oder, *das sind aber nicht die richtigen socken zu dieser hose. was soll ich anziehen?*, fragte der vater die mutter deshalb meistens. manchmal beschrieb sie dann die kleidungsstücke, die sie passend fand, jeweils unterschiedliche nach wetter und je nachdem, ob ein arbeitstag war oder ein feiertag, ob der vater im haus oder in der werkstatt arbeiten oder wegfahren wollte, aber der vater konnte sich meist nicht erinnern, dass er solche hosen und hemden überhaupt besaß. dann seufzte die mutter, ging zu den großen schränken im schlafzimmer und legte ihm die kleidungsstücke heraus.

es gab viele telefone im haus, weil es viele räume gab, und dazu durchwahlen, die man sich merken musste. es gab auch eine zahlenkombination, mit der man alle apparate gleichzeitig zum klingeln bringen konnte. es klingelte dann in der werkstatt, im geschäft, in den büros, im wohnzimmer der großeltern und im flur der eltern. wenn man abhob, war es meistens die mutter, die jemand anderen suchte.

in den frühen jahren gab es eine tankstelle vorm haus. sie wurde morgens vor der werkstatt geöffnet. am 1. april rief die mutter den vater übers haustelefon an und sagte, *komm schnell, jemand will tanken.* als er vom ersten stock heruntergeeilt war, riefen wir, *april april!* jedes jahr taten wir das, bis es die tankstelle nicht mehr gab. das heißt, die tanks blieben da, unter der erde, aber sie waren mit sand gefüllt und mit gehsteig überdeckt worden.

immer wieder fragte ich mutter und vater nach ihrem kennenlernen, und immer wieder lachten sie dann und erzählten. *alle haben mich zum tanzen aufgefordert*, sagte die mutter stets, *nur er hat geraucht und geraucht*. er noch mit dem moped, sie mit dem mercedes des vaters. fünf kilometer auseinander und kein telefon. ein früher ausflug, er kauft ihr vanilleeis, drei kugeln, sie mag kein vanilleeis. er sagt, *dann schmeiß es weg*.

ich war die tochter eines mechanikers.
ich war die tochter eines autoverkäufers.
ich war die tochter eines werkstätten-
besitzers.
ich war die tochter eines sohnes eines
werkstättenbegründers.
ich war die tochter einer frau eines chefs.
frau chef, sagten die mechaniker zu ihr.

wenn kunden im geschäft warteten, bis eine reparatur beendet oder eine überprüfung abgeschlossen war, brachte die mutter auf einem kleinen tablett kaffee und kekse und redete solange mit ihnen. das war ein besonderer service, anders als bei der großen werkstatt in der stadt, und es half auch den mechanikern, weil die kunden dann während der reparaturen nicht im weg standen und nicht immer fragen stellten.

viele der kunden waren alt. dass das an der automarke lag, sagten die eltern. der kilometerstand der wägen wuchs von jahr zu jahr kaum.

die meisten nachbarn hatten autos anderer marken. manche hatten autos der marke, die der vater verkaufte, kauften sie aber lieber im großen autohaus in der stadt und fuhren auch für reparaturen dorthin.

es gab eine wuchtige schwarze ledertasche mit einem silbernen verschluss, die aussah wie das portemonnaie einer älteren dame, nur viel größer. sie wurde tankstelltasche genannt, auch nachdem es die tankstelle nicht mehr gab. abends wurden alle geldscheine und papiere aus der kasse und alle autoschlüssel und alle schlüssel zu den türen und toren in die tankstelltasche gepackt. über nacht und an den wochenenden lagerte sie auf dem teppichboden im schlafzimmer der eltern.

oft waren wir bereits im begriff, das haus zu verlassen, da sagte die mutter, *geh, hol den schlüssel zur garage aus der tankstelltasche*. und ich rannte und kramte und fand ihn neben den geldscheinen und papieren, zwischen den anderen schlüsseln, von denen keiner beschriftet war, jeder aber eine eigenheit hatte oder einen anhänger. die tasche roch indessen nach öl und männerjacken.

es gab zwei dachböden. einen über der werkstatt und einen über den wohnräumen der eltern. auf jenem über der werkstatt lagerten im sommer die winterreifen der kunden, die keinen eigenen lagerplatz dafür hatten, im winter die sommerreifen. die mechaniker trugen sie hinauf und wieder herunter. um auf den dachboden über den wohnräumen der eltern zu gelangen, musste man einen bestimmten stock holen, an dem vorne ein haken befestigt war, und damit an einem ring in der holzdecke ziehen, wodurch sich eine luke öffnete und eine treppe entfaltete. in den frühen jahren stellten wir auf diesem dachboden kartons mit schulsachen ab, die nicht mehr gebraucht wurden. später ging keiner mehr hinauf.

es gab zwei keller. einen unter der werkstatt und einen unter den wohnräumen der eltern. jener unter der werkstatt war sehr klein. dort standen ein paar fässer mit öl für die autos, und es gab einen extraraum für die heizung. in jenem unter den wohnräumen der eltern lagerten wein, kartoffeln, eingefrorenes fleisch in einer tiefkühltruhe, langlaufskier und die modellflugzeuge des vaters. im hinteren bereich war ein raum, wo er abends und an den wochenenden neue modelle zusammenbaute oder die älteren reparierte.

manchmal besuchte ich den vater im keller, während er an den flugzeugen arbeitete. ich konnte mir reste von balsaholz und schaumstoff aussuchen und daraus selbst etwas basteln. ich schnitt schaumstoff zurecht, klebte ihn mit dem holz zusammen, steckte stecknadeln hinein, versuchte verschiedenes, aber etwas schönes kam dabei nie heraus. manchmal erklärte mir der vater auch, wie man kleber aus zwei verschiedenen fläschchen anrührt, wie man die kleinen elektromotoren für die landeklappen einbaut oder wie man den schwerpunkt der flugzeuge herausfindet. an der tür des schranks mit den werkzeugen hing ein kalender mit nackten frauen und dem logo einer werkzeugfirma. an der wand hingen fotos von besonders schönen flugzeugen, die der vater einmal gebaut hatte. manchmal war er auf den fotos mit drauf, damit man sehen konnte, welche größe die flugzeuge im vergleich hatten. die pokale, die er bei den wettfliegen gewonnen hatte, an denen er manchmal teilnahm, standen oben im büro.

der vater hieß wie der großvater. *sen.* und *jun.* stand auf den briefkuverts hinter ihrem namen. ich wusste, es gab einen größeren unterschied. der großvater hatte am ersten tag des jahres namenstag, der vater im herbst.

der großvater zitterte und war sehr still. die freundinnen hatten angst vor ihm. ich hatte keine angst, aber ich wusste nicht, was sagen.

in den frühen jahren jausneten die erwachsenen in der küche der großeltern. im kühlschrank der großeltern waren dafür immer einige gabelbissen. die mutter mochte gabelbissen gerne, weil sie so etwas als kind nie hatte haben dürfen. genauso wie würstchen. ich fand den glitschigen gabelbissen ekelig. was an würstchen besonders sein sollte, wusste ich auch nicht. die mutter richtete mir meine jause auf einem pumucklbrettchen her. das brot mit schinken oder aufstrich schnitt sie in kleine stücke. ich durfte es mit hinüber ins wohnzimmer der großeltern nehmen und beim jausnen fernsehen. manchmal lief zu dieser zeit *black beauty,* und oft bekam ich von der serie angst, aber ich sagte nichts, weil ich weiter beim jausnen fernsehen wollte.

in den frühen jahren rieb die mutter abends manchmal einen apfel auf einen plastikteller. das apfelfleisch wurde schneller braun, als man es essen konnte. später gab es oft obstsalat. die mutter goss zitronensaft über die fruchtstücke und dann ein wenig süßstoff.

nie verrieten die eltern, wen sie wählen würden. *wahlgeheimis*, sagte die mutter. und der vater sagte, *wenn das geschäft einmal zu ist, ist schluss mit dem ganzen zirkus*.

wenn der vater einen neuwagen vom zwischenhändler holen musste, rief die mutter bei der bank an, die ihre filiale im gemeindehaus schräg gegenüber auf der anderen seite der bundesstraße hatte, und bestellte das bargeld dafür. am nächsten tag nahm sie ein braunes täschchen mit reißverschluss aus der schublade, ging, ohne den zebrastreifen zu benutzen, quer über die straße und holte die scheine ab. der vater übernahm das täschchen und setzte sich gemeinsam mit einem mechaniker in einen wagen. nach einer weile kam der mechaniker alleine zurück, der vater später mit dem neuen auto.

bei der bank arbeitete ein herr, der wie eine jahreszeit hieß. er saß nicht an dem schalter, wo man das geld abholen konnte, sondern in einem raum dahinter. manchmal rief er bei uns im geschäft an. dann war es am besten, wenn die mutter am apparat war, weil sie sagen konnte, dass der vater gerade nicht da ist. wenn der vater selbst abhob, war es schlecht. der herr wollte meistens, dass die eltern zu einer besprechung in die bank kamen. der vater sprach dann den ganzen tag kaum mehr ein wort und konnte in der nacht nicht schlafen.

später wurde die filiale der bank geschlossen. an ihrer stelle blieb ein bankomat. *ich geh schnell geld runterdrücken*, sagte die mutter und ging quer über die bundesstraße.

im wohnzimmer der großeltern gab es ein wetterhäuschen aus holz. es hatte zwei türbögen, in denen links eine weibliche und rechts eine männliche figur standen. bei gutem wetter schob sich die frau vor die tür, bei schlechtem wetter der mann. gleich neben dem wetterhäuschen stand eine bunte bauchige holzpuppe, die man in der mitte auseinandernehmen konnte. darin waren weitere, jeweils etwas kleinere bunte bauchige puppen, die man wieder in der mitte auseinandernehmen konnte, bis zu einer ganz kleinen, die aus einem stück war. *eine echte russische*, sagte die großmutter. die bunten holzhälften quietschten beim auseinandernehmen.

ernst auf ernst, wos mocht da ernst, a finsters gsicht, und wer locht, kriagt a watschn mittn ins gsicht.

wenn man im frühling einen spaziergang machte, musste man sich eine kleine geldbörse voller münzen an einer schnur um den hals hängen, damit man sie schütteln konnte, wenn man zum ersten mal im jahr den kuckuck rufen hörte. dann würde man in diesem jahr immer genug geld haben. die mutter legte die geldbörse dafür griffbereit auf die garderobe. wenn wir sie doch vergaßen, kehrten wir noch einmal um, um sie zu holen.

zu silvester musste man ein blatt von dem kleestöckchen, das die mutter gekauft und auf dem tisch platziert hatte, abbeißen und essen, damit man glück haben würde. gäste fanden das meistens seltsam, machten aber trotzdem mit und verzogen beim kauen das gesicht. mir schmeckte das kleeblatt, es war ein bisschen wie sauerampfer. um mitternacht musste man dann eine reife birne essen, dann bekam man im neuen jahr viel geld. von birnen bekam ich bauchschmerzen, aber zu silvester musste ich eine ausnahme machen.

wenn an den feiertagen oder am sonntag besuch da war, aßen wir an dem ovalen tisch im wohnzimmer, den wir sonst nicht benutzten, weil er zu groß war. die mutter bügelte ein tischtuch, das extra für den tisch genäht worden war, weil er eine komische form hatte, und wir deckten mit einem besonderen geschirr, das in einem eckschrank neben dem tisch aufbewahrt wurde. die teller wurden zwar aufgedeckt, ich nahm sie den gästen aber kurz vor dem essen wieder weg und brachte sie in die küche. dort stellte ich sie nacheinander zum aufwärmen in die mikrowelle und reichte sie dann der mutter, die eine portion fleisch und verschiedene beilagen darauf platzierte. je nachdem, ob es der teller eines mannes oder einer frau, des großvaters oder des onkels war, tat die mutter ein großes stück oder ein kleines stück fleisch, viel oder wenig sauce und beilagen darauf, und ich servierte es dann den jeweiligen personen. was am ende in den töpfen übrig blieb, füllte die mutter in schüsseln, die ich ebenfalls hinübertrug und in die mitte des tisches stellte. dem anderen großvater stellte ich jedesmal ein körbchen mit einer semmel hin, das die mutter vorbereitet hatte, weil er keine nudeln und nicht gern spätzle oder reis aß. wenn alles bereit war und die mutter sich als letzte ebenfalls hingesetzt hatte, sagten alle *mahlzeit* und fingen an zu essen. jedesmal sagte die mutter dann, *ihr braucht aber nicht sparen, es ist noch genug da*, und wenn sich die teller langsam leerten, sagte sie, *nehmt euch bitte selber nach.* manchmal sprach sie die personen, die normalerweise am meisten aßen, direkt mit namen an, und wenn jemand sagte, dass er nicht mehr konnte, sagte sie, *doch doch.* wenn sich trotzdem keiner mehr nachnahm, stand sie schließlich auf, griff nach den schüsseln, stellte sich neben einzelne personen und fragte, *darf ich dir noch?* am meisten tat sie das, wenn die anderen großeltern zu besuch waren.

fallen alle töchter die treppe ihres elternhauses hinunter, wenn sie zu schnell laufen?

früher oder später?

weil es steil ist?
weil es rutscht?

für die nachspeise füllte die mutter schlagobers in eine spezialflasche mit einem hebel und tat eine patrone in den flaschenkopf. wenn es beim zuschrauben leicht zischte, war es richtig. bei tisch schüttelte sie die flasche, drehte sie um, drückte auf den hebel, und das schlagobers krachte neben das tortenstück. wenn die besucher sich nachnahmen, vergaßen sie meist zu schütteln, und es kam eine weiche masse aus der düse. dann nahm die mutter die flasche wieder an sich.

wenn dir das tortenstück auf dem teller umfällt, kriegst du keinen mann, sagte die tante. *wenn du am tisch direkt an der ecke sitzt, kriegst du eine böse schwiegermutter.*

in den frühen jahren spritzten sich die tanten auch schlagobers in ihre kaffeetassen. das hörte irgendwann auf. später verschwanden die patronen im zimmer des bruders. auch das hörte irgendwann auf.

in den frühen jahren schmolzen der vater und der onkel zucker in ihren irish coffee. später bekam der onkel eine neue herzklappe und starb dabei fast. später fing das herz des vaters zu stolpern an. der eine trank dann nur mehr normalen kaffee ohne zucker, der andere café hag.

auweh buglbauweh pfefferkern, wird scho wieder besser wern.

am karsamstag brannte vor der kirche ein feuer. die glocken waren fortgeflogen, deshalb drehten die ministranten stattdessen ratschen. in der kirche wurden speisen geweiht. die mutter hatte dafür einige scheiben geselchtes, ostereier, brot und einen salzstreuer in ihre tasche gepackt. der pfarrer schwenkte ein weihrauchfass hin und her und spritzte weihwasser in unsere richtung. daheim setzten wir uns zu den großeltern, bei denen der fernseher lief, die mutter packte die speisen aus, schälte die eier, und wir aßen.

am ostersonntag gab es jedes jahr ein nestersuchen. der onkel, die tante und die cousine kamen dafür zu uns. die nester waren kleine körbe mit ostergras, in die eier und besondere süßigkeiten gelegt wurden. die mutter umwickelte die körbe mit plastikfolie, die sie oben mit geschenkband verschnürte, damit beim verstecken nichts herausfallen konnte. jede person bekam ein unterschiedlich befülltes nest, deswegen waren die körbe mit namensschildern versehen. bei den erwachsenen war manchmal eine flasche alkohol darin oder mon chéri oder after eight. manche mochten bestimmte süßigkeiten nicht, andere dafür sehr.

die mutter und die tante trugen die nester in großen wäschekörben in den garten und versteckten sie. wenn sie fertig waren, riefen sie uns. alle fingen an zu suchen. meistens fand man die nester für andere vor dem eigenen. *ich hab deines schon gesehen*, sagte man dann zu der person und lachte. die besten verstecke waren in der thujenhecke, im scheiterstoß, im loch des baumstammes bei der hofeinfahrt, in der schublade des grillers und in der dachrinne der gartenhütte. der vater und der onkel waren meist nicht so gut im suchen. sie vergaßen die verstecke von jahr zu jahr und brauchten am längsten. manchmal bekamen sie dann schlechte laune, und die mutter und die tante gaben ihnen tipps. *ganz kalt* oder *schon wärmer* oder *heiß*, sagten sie dann.

enta hieß auf der anderen seite, zum beispiel der donau, *eanta* hieß zeitlich davor. meist verwechselte ich es, weil die eltern die wörter nur mit den anderen großeltern benutzten. in die eine größere stadt fuhr man *aufi*, in die andere *owi*. auch das hatte mit der donau zu tun. auch das konnte ich mir nicht merken.

im ort gab es einige gasthäuser. in den frühen jahren auch im haus gegenüber von unserem, auf der anderen seite der bundesstraße. der vater kehrte immer nur auf dem weg vom modellflugplatz auf ein bier ein, nie in unserem ort, weil er nicht mehr so war wie seine schulfreunde. einmal machte er eine ausnahme, ging nach gegenüber und nahm mich mit. der wirt war alt und hatte glänzende augen. er füllte mein glas an der theke so voll, dass ich es kaum anheben konnte, ohne etwas zu verschütten, sah mich an und lachte. wochentags stand er oft vor der tür des gasthauses und blickte auf die straße. manchmal öffnete dann der älteste mechaniker die tür und rief hinüber, *geh rein, karl, sonst wird's wetter schlecht*, und alle lachten.

die enkelin des wirts war in meinem alter. als ich einmal in ihrem zimmer saß, von dem aus man auf der anderen seite der bundesstraße unser haus und meine beiden fenster sehen konnte, stach sie mir mit einer bleistiftspitze in die handfläche. lange blieb ein dunkelgrauer punkt an dieser stelle. irgendwann war er verschwunden.

später rückte ich in der schule gerade ein blatt in der papierschneidemaschine zurecht, als die freundin die klinge herunterfallen ließ. im fleisch meines zeigefingers klaffte eine wunde. lange blieb eine rote narbe an dieser stelle. irgendwann wurde sie heller.

noch später brannte mich die andere freundin einmal beim tanzen in der disco mit ihrer zigarette am kinn. die wunde war nicht lange zu sehen, es blieb eine kleine mulde. ich rauchte nicht, obwohl es mir keiner verboten hatte.

jedes jahr im sommer war auf dem sportplatz kinderolympiade. jedes jahr kam ein paar wochen davor jemand ins geschäft und fragte, ob der vater das transparent mit seinem namen und dem logo der automarke aufhängen lassen wolle, und er sagte ja, holte das transparent aus dem ersatzteillager und reichte es zusammen mit einem geldschein hinüber. jedes jahr machte ich bei der olympiade mit. jedes jahr dachte ich, dass ich diesmal sicher nicht so schlecht gewesen war. jedes jahr wartete ich auf die siegerehrung. jedes jahr wurden zuerst viele andere namen aufgerufen, und ich bekam irgendwann eine urkunde, auf der stand *mit erfolg teilgenommen*.

die freundin lebte auf einem bauernhof. manchmal besuchte ich sie. sie konnte auf grashalmen melodien blasen und kirschkerne weit weg spucken. kirschkerne durfte man nicht schlucken, sonst bekam man eine blinddarmentzündung.

der älteste mechaniker aß äpfel ganz, auch das kerngehäuse. nur den stängel ließ er übrig und hielt ihn am ende in der hand. *butzpastingl* sagte die mutter auch sonst, wenn man auf seinem teller nichts übriggelassen hatte.

am samstagabend gingen die eltern manchmal aus. der bruder und ich bekamen dann ein säckchen pombären zum knabbern. bevor wir den fernseher einschalteten, holten wir zwei kleine schüsseln und zählten jeweils genau gleich viele bären hinein.

der bruder und ich tanzten im flur. wir hatten im fernsehen eine familie tanzen gesehen. der bruder fiel. im behandlungszimmer des arztes schrie er lange und laut. ich saß im wartezimmer und weinte. *drei haft*, sagte die mutter beim herauskommen.

die freundin und ich hatten uns in meinem zimmer eingeschlossen. der bruder hatte mitspielen wollen, wir hatten es nicht erlaubt, und er war wütend geworden. von außen hämmerte er gegen das holz der tür. irgendwann ging er weg und kehrte mit einem brotmesser wieder. er steckte es durch den spalt zwischen tür und boden.

als er zehn war, wechselte der bruder die frisur. er trug für eine weile drei hörner auf der stirn.

in den frühen jahren saß die mutter neben mir, während ich hausaufgaben machte. manchmal stützte sie den arm an der platte des schreibtisches ab, lehnte den kopf gegen die hand und schlief ein. sie wachte erst wieder auf, wenn ich sie direkt ansprach.

später half ich dem bruder manchmal bei den hausaufgaben. wenn er etwas länger nicht verstand, schrie ich ihn an.

wenn die freundin und ich uns trafen und ihre ältere schwester dabei war, war die freundin weniger nett zu mir. manchmal tuschelten die beiden und lachten dann über mich. einmal, als die beiden nach einem besuch unser haus verließen, ging ich auf den balkon, nahm die gießkanne und goss, in dem moment, als sie darunter vorbeigingen, einen kräftigen schwall zwischen den blumenkästen hindurch.

zu allerheiligen zogen wir das erste mal in der saison unsere wintermäntel an und stellten uns auf dem friedhof neben das familiengrab. die blasmusikkapelle spielte ein lied, das *das lied vom guten kameraden* hieß. alle wussten, bald würden schüsse fallen, aber alle zuckten zusammen, als es soweit war.

wer hat angst vorm schwarzen mann?
niemand!
wer hat angst vorm schwarzen mann??
niemand!!
wenn er aber kommt?
laufen wir davon!

auf diesem haus liegt ein fluch, sagte die mutter, *natürlich passiert jetzt wieder etwas schlechtes.* wenn ein freitag auf den 13. fiel, konnte sie den ort trotzdem nicht verlassen. wenn sie an anderen tagen wegfuhr und dabei eine schwarze katze ihren weg kreuzte - in der nachbarschaft gab es hin und wieder eine -, war es auch ziemlich sicher, dass sie pech haben würde.

einmal hatte meine martinslaterne feuer gefangen und war abgebrannt. am nächsten tag hatte mir die tante eine neue gebastelt. sie war schöner als meine alte. ich verwahrte sie in einem schrank.

die kerzen am adventkranz durfte man nur in einer bestimmten reihenfolge anzünden. in welcher, wusste die mutter. später in der schule hatte eine kerze auf dem kranz eine andere farbe als die anderen. daran erkannte man, dass man sie als erste anzünden musste. die freundin und ich waren morgens meist als erste im klassenzimmer. die freundin hielt ein streichholz an eine kerze, beugte sich darüber und sengte sich die wimpern an.

es gab drei unterschiedliche adventkalender, die jedes jahr ab dem ersten dezember im esszimmer hingen. einen für den vater, einen für den bruder und einen für mich. die einzelnen stoffsäckchen waren mit unterschiedlichen süßigkeiten befüllt, aber alle drei in fast der gleichen abfolge. nur in jenen des vaters steckten statt marzipankugeln oder eiskonfekt hie und da auch schokoladerumfläschen. er aß manchmal ein säckchen zu früh leer, während der bruder und ich uns genau an die tage hielten. die mutter hatte keinen kalender, weil sie diejenige war, die befüllte, und weil sie ohnehin salzige sachen lieber hatte.

am heiligen abend bestand der großvater auf frisch geriebenem kren. er streute einen großen löffel davon über sein fleisch und musste dann beim essen öfter pausieren, weil ihm tränen in den augen standen. die mutter und die großmutter schauten einander an. keiner sagte etwas. das fasrige rindfleisch war schwer zu kauen.

jedes jahr zu weihnachten bekam die mutter von den anderen großeltern ein ganzes schwein. der andere großvater hatte es abgestochen und in teile zerteilt. die teile lagerten in der tiefkühltruhe im keller, bis die mutter sie nach und nach verkochte.

ob in der weihnachtsnacht die tiere wirklich sprechen konnten, war schwer zu überprüfen, weil es im haus keine tiere gab. wir gingen mit räucherzeug durch die räume. vorne der vater mit den glühenden kohlen und weihrauch darauf, hinter ihm ich mit einem schälchen weihwasser. ich versprengte es mit einem kleinen tannenzweig. später stand der behälter mit der kohle am boden der werkstatt und glühte weiter in die dunkelheit.

wenn in der weihnachtsnacht wäsche hängt, stirbt jemand, sagte die mutter. das habe ihre großmutter immer gesagt, und sie habe sich gefürchtet.

nie sang jemand, zu keiner zeit. im wohnzimmer der großeltern lag die cd *die schönsten weihnachtslieder gesungen von den wiener sängerknaben.*

es stimmt nicht, der vater sang ab und zu vor dem einschlafen für mich. aber absichtlich falsch und sehr kurz. *guten abend gute nacht, mit röslein bedacht, mit näglein besteckt, kriech unter die deck. morgen früh, wenn gott will, wirst du wieder geweckt. morgen früh, wenn gott will, wirst du wieder geweckt.*

manchmal übten wir auch pfeifen. oder beim kitzeln nicht loszulachen. *good night, little görl*, sagte der vater am ende. immer wieder forderte ich ihn auf, so zu sprechen. *how do you do*, sagte er, *hau i di a*.

die mechaniker bekamen von den kunden oft ein trinkgeld. meistens einen zwanziger, manchmal sogar einen hunderter. wenn der vater einsprang und einen wagen reparierte, bekam er nur in ausnahmefällen eines, weil man chefs kein trinkgeld gab.

als werbegeschenke für die kunden gab es kugelschreiber, flaschenöffner, parkuhren und führerscheinetuis, auf denen der name des vaters, die adresse und telefonnummer standen. die kugelschreiber waren immer am schnellsten weg. einmal bestellten die eltern welche, die moderner aussahen. sie schrieben aber nicht so gut wie die alten.

die großmutter saß in der küche und rauchte und sagte, *du bist mein herzibinkerl.* oft spielten wir das spiel, bei dem man das gegenteil von dem sagt, was man meint. *ich hab dich überhaupt nicht gern*, sagte sie dann.

die großmutter saß in der küche und hustete. sie trank kakao und tunkte ihre buttersemmel hinein. im hinterzimmer lagerte sie stoffmäuse und andere kleinigkeiten, für den fall, dass überraschend ein kind zu beschenken war.

der großvater saß in der küche und sprach nicht. er hielt einen fliegenpracker in der hand und beobachtete die fliegen. wenn sich eine vor ihm auf die tischplatte gesetzt hatte, schlug er zu.

die mutter schöpfte das essen für den großvater auf einen teller und schnitt ihm das fleisch klein. wenn er aß, ging öfter etwas daneben. der vater konnte manchmal nicht zur selben zeit essen.

nachmittags durfte ich manchmal mit der nachbarin mitfahren, die in einem kleinen bus diejenigen schüler nachhause brachte, die nicht direkt im ort wohnten. da ich als erste zustieg, durfte ich auf dem beifahrersitz sitzen. was es zu essen gegeben habe, fragte mich die nachbarin dann meist während der fahrt. *beuschl*, sagte ich, oder *erdäpfelschmarrn*. *mmhh*, sagte die nachbarin. mir schmeckten beuschl und erdäpfelschmarrn aber nicht so.

die mutter machte auf kleinen quadratischen zetteln für jede woche eine liste mit dem essen, das sie gekocht hatte. auf jedem zettel standen sieben gerichte. sie bewahrte die zettel in einer küchenschublade auf. wenn sie einmal nicht wusste, was sie kochen sollte, schaute sie auf den listen nach und sagte, *ah, das habe ich schon lange nicht mehr gemacht*. außer beuschl und erdäpfelschmarrn gab es zum beispiel wurstschüsserl mit erbsen, berner würstel mit pommes, augsburger mit püree und salat, fleischpalatschinken, rindfleisch mit spinat und spiegelei, schwammerlragout mit serviettenschnitten oder pasta asciutta. mein lieblingsgericht war pasta asciutta. aber nur so, wie es die mutter machte. in dem lokal, in das wir im urlaub immer gingen, schmeckte es ganz anders. die besten schnitzel machte die andere großmutter. das sagten alle, auch die mutter, und sie machte deshalb selber fast nie welche. das geheimnis war das schweineschmalz. die mutter nahm trotzdem ceres pflanzenfett.

an der einfahrt zum hof, neben dem großen baum mit dem loch im stamm, gab es ein marterl. das war wie eine ganz kleine kapelle, mit einem kreuz oben drauf und einer marienstatue darin. die mutter stellte im frühling und sommer blumenstöcke hinein, die man gießen musste, im herbst und winter gestecke aus zweigen, die sich einfach so hielten. die großmutter erzählte immer wieder, dass das marterl dort stand, weil der vater, als er klein war, sehr krank gewesen war. *da habe ich zum lieben gott gesagt, wenn er wieder gesund wird, stellen wir ein marterl auf*, sagte die großmutter. es gab ein foto vom vater, auf dem er ganz klein war und auf einer decke krabbelte. es war schwarz-weiß. er schaute darauf direkt in die kamera und lächelte nicht. krank sah er aber auch nicht aus.

wenn ich krank war, ging die mutter vormittags zum lebensmittelgeschäft im nachbarhaus und kaufte eine langsemmel mit schinken und gouda und essiggurken für mich. das war ausnahmsweise. für die schule bekam ich immer selbst belegte pausenbrote. wenn ich schlimmer krank war und fieber hatte, schmeckte nichts. dann tauchte die mutter handtücher in essig und wickelte sie mir um die füße.

bis zum heiraten wirds wieder gut, sagte die großmutter, wenn ich mir im hof die knie aufgeschlagen hatte.

wenn jemand heiratete, wurde am morgen vor der hochzeit geschossen. ein paar männer stellten sich vor dem elternhaus der braut hin, setzten sich ohrenschützer auf, die aussahen wie große kopfhörer, und zündeten wieder und wieder eine kleine kanone. das war sehr laut, man hörte es im ganzen ort und konnte nicht mehr schlafen.

wenn man am abend bei der hochzeitsfeier dabei war, konnte man darauf warten, dass irgendwann die braut verzaht wurde. das hieß, sie wurde entführt, aber nur zum spaß. dann wechselten fast alle von dem gasthaus, wo die feier stattfand, in ein anderes, in das die braut entführt worden war. derjenige, der für die entführung zuständig war, stimmte dann immer spezielle lieder an, und alle sangen mit. zum beispiel ein lied, in dem nacheinander alle monate vorkamen und bei dem diejenigen aufstehen und ihr glas leertrinken mussten, die in dem monat geburtstag hatten, von dem gerade gesungen wurde. am ende durfte der bräutigam kommen und die braut wieder zurückholen. er durfte aber nicht zu früh kommen, damit der wirt des anderen gasthauses auch ein geschäft machte, und er musste alle getränke zahlen, die beim singen getrunken worden waren.

einmal hatte das übliche gasthaus beim flugplatz ruhetag. der vater fuhr mit mir zu einem anderen. ich hatte durchfall. als wir ankamen, war es zu spät. der vater zog mir die unterhose aus und spülte sie die toilette hinunter. als wir nach hause kamen, sagte die mutter, dass es eine meiner schönsten unterhosen gewesen war.

als der vater erzählte, dass im gasthaus eine tante und ein onkel zusammengesessen hatten, war der mutter die unterhose nicht mehr so wichtig, weil die tante eigentlich zu einem anderen onkel gehörte und der onkel eigentlich zu einer anderen tante.

die geschwister des großvaters hießen onkel bert, tante hanni, onkel sepp, onkel hermann, tante annegret, tante poldi, onkel fritz und onkel gust. sie kamen manchmal mit ihren ehefrauen oder ehemännern, die ebenfalls tanten und onkeln genannt wurden, zu besuch. es gelang mir nicht, sie auseinanderzuhalten.

die tante der großmutter hieß mitzitant. in den frühen jahren kam sie jeden sommer für ein paar wochen aus der großen stadt zu uns. davor war die großmutter immer sehr aufgeregt. die mitzitant mochte es nicht, wenn der salat zu klein zerteilt war oder wenn sie im memory gegen mich verlor. jeden tag ging sie mit ihrem stock im dorf spazieren. wenn sie nach einbruch der dunkelheit nicht zurück war, fuhr die mutter sie mit dem auto suchen.

im wohnzimmer der eltern gab es ein paar bücher. im wohnzimmer der großeltern ein paar mehr. eines stand mit dem rücken zur wand. die seiten waren mit einer schwer lesbaren schrift bedruckt. vorne hatte jemand mit der hand *für meine liebe freundin, weihnachten 1942* hineingeschrieben.

auf der kommode vor dem wohnzimmer der großeltern stand eine holzschatulle, die die großmutter selbst bemalt hatte. darin waren schwere metallene anstecker mit verschiedenen kreuzen. manchmal, wenn keiner in der nähe war, nahm ich die anstecker heraus und sah mir einen nach dem anderen an.

überall waren dinge versteckt. wenn die eltern weg waren oder beschäftigt, ging ich durch die unbewohnten zimmer des hauses, öffnete kästen, schubladen, schachteln und fand zwischen den gehäkelten tischtüchern der großmutter, den unterlagen vom meisterkurs des vaters, den tennisschlägern, mit denen der vater und der großvater früher gespielt hatten, obwohl es dem vater nie spaß gemacht hatte, den faschingskostümen, mit denen die eltern sich fürs gschnas verkleidet hatten, und den kleidern der mutter, die sie nicht mehr anzog, aber noch nicht weggeben wollte, süßigkeiten, die die mutter auf vorrat kaufte und nach und nach in die naschlade im wohnzimmer tat, frühe briefe des vaters an die mutter, die mit einem satinband zusammengebunden waren, den schmuck der verstorbenen großtante, hefte mit nackten frauen, alte münzen in einer anderen währung, ein geschenk, das ich zu weihnachten bekommen würde. nichts davon erwähnte ich gegenüber den eltern. ich ging bloß immer wieder aufs neue durch die zimmer.

meine ohren wurden angelegt. nach dem sommer kam ich mit verband zur schule. der lehrer fragte, *was ist denn mit dir? meine ohren*, sagte ich und wusste nicht weiter. für das richtungswort *zuwi* fiel mir auch später kein hochdeutsches ein.

auf dem schild an meinem krankenhausbett war ein *himmel* am anfang meines nachnamens gestanden. das war schön, aber es stimmte nicht. *heinrich übel ludwig martha – bauer*, hatte die mutter zur krankenschwester gesagt.

betet für die oma, sagte die großmutter, wenn wir, in den frühen jahren öfter, später nur mehr an besonderen festtagen, in die kirche gingen. *bete für die oma*, sagte sie, wenn ich mich sonntags manchmal allein zur kirche aufmachte. sie selbst konnte nicht in die kirche gehen, weil ihr vom weihrauch schwindlig wurde. wenn jemand heiratete oder ein begräbnis war, tat sie es aber trotzdem.

in der kirche des dorfes saß ich stets vor dem seitenaltar mit dem bild der madonna. sie trat mit dem nackten fuß auf eine metallisch glänzende sichel. dass das doch weh tun musste, dachte ich.

die assistentin des pfarrers hieß frau magister. sie sprach leise und schminkte sich nicht. im religionsunterricht kicherten wir, und sie sagte, *glauben heißt nicht wissen.*

unsere kirche hatte die patrone petrus und paulus. wenn während der messe alle auf die knie gingen, ging ich auch auf die knie. *durch meine schuld, durch meine schuld, durch meine große schuld*. ich sagte nichts. ich klopfte mir aber mit der faust gegen die brust, wie alle.

manchmal spielte ich mit meinen barbies vergewaltigung. meistens wollte die freundin dann nicht mitspielen.

beschließen alle mädchen einmal, auszureißen? kommen alle mädchen wieder, bevor jemand sie hätte suchen können?

weil sie nicht weiterwissen?
weil sie nicht wissen, wie weiter?

in schlechten nächten träumte ich, dass die räuber kommen. ich versteckte mich in der küche bei den töpfen. in guten nächten träumte ich von einer geheimtür im wohnzimmer der großeltern. dahinter ging es immer weiter. in anderen nächten hörte ich die schreie des großvaters aus dem nebenzimmer. ein- oder zweimal wachte ich auf, weil er in der tür zu meinem zimmer stand und mich anschaute.

vor dem haus gab es zwei fahnenstangen mit fahnen der automarke. eines nachts fuhr jemand betrunken gegen eine der beiden. sie knickte um und fiel auf den asphalt. der bruder lag im nebenzimmer und wurde nicht wach.

einmal war nachts im geschäft eingebrochen worden, aber die einbrecher hatten nichts mitgenommen. der computer war zu alt, und in der kasse waren nur münzen gewesen. in die oberen stockwerke waren die einbrecher nicht hinaufgegangen. vielleicht weil der bruder vergessen hatte, das radio auszuschalten. die geldscheine waren wie immer in der tankstelltasche im schlafzimmer der eltern gelagert gewesen. der größte schaden war, dass die kasse repariert werden musste. sie hatte an der unterseite eine leiste mit tasten. wenn man bloß an der kassenlade zog, ohne die richtige tastenkombination zu drücken, läutete eine glocke, die aber nicht sehr laut war. ab dem tag nach dem einbruch spreizte der vater jeden abend unter die klinke der vorderen haustür einen holzbalken. die kasse blieb ab diesem tag über nacht stets einen spalt offen, damit man gleich sehen konnte, dass sich keine geldscheine darin befanden.

in den frühen jahren gab es eine bäckerei im ort. sie lag etwa zehn häuser entfernt auf unserer seite der bundesstraße. am samstagmorgen schrieb die mutter auf einen kleinen quadratischen zettel eine liste von dingen, die wir aus der bäckerei brauchten, und schickte mich mit einem weidenkorb dorthin. die listen ähnelten sich von woche zu woche. vor allem sollte es frisches gebäck zum frühstück geben. jedesmal kaufte ich einige langsemmeln, weil der vater dunkles gebäck nicht so gern aß, obwohl es gesünder war, und einige kornspitze, die die mutter gern aß, und der bruder und ich auch. manchmal eine packung semmelwürfel, die die mutter für serviettenschnitten oder gefüllten braten brauchte. wenn am darauffolgenden tag im ort kirtag war - die daten kannte die mutter, obwohl sie nirgendwo verzeichnet waren - und die bäckerei deswegen frische schaumrollen hatte, sollte ich auch davon welche mitbringen.

in einer plastikbox im verkaufsraum der bäckerei gab es einzeln verpackte, dicke rosa kaugummis, die jeweils mit einem sticker umwickelt waren. weil ich das einkaufen übernahm, durfte ich zusätzlich zu dem, was auf der liste stand, immer auch noch zehn kaugummis für mich mitnehmen. die frau hinter dem tresen griff in die box und ich hoffte, dass sie kaugummis mit zehn schönen stickern erwischen würde. die sticker waren wichtiger als die kaugummis. ich sammelte sie in einem album mit beschichteten seiten, sodass ich sie von zeit zu zeit umordnen konnte. ich mochte die motive, auch wenn sie aus einer fernsehserie waren, die ich nicht kannte. die eltern schauten die serie, aber für mich war sie zu wild. es ging um einen mann mit einer lederjacke und ein besonderes auto.

einmal war ich mit der mutter in der stadt zum einkaufen, und als wir aus dem geschäft zum auto kamen, konnte die mutter den schlüssel in ihrer handtasche nicht finden. wir schauten durch die scheiben ins wageninnere und sahen den schlüssel darin liegen. die autotüren waren aber verschlossen, weil wir wie immer die türknöpfe runtergedrückt hatten, bevor wir sie zugeworfen hatten. die mutter ging noch einmal zurück ins geschäft, um zu fragen, ob sie das telefon benutzen durfte. einige zeit später kam der älteste mechaniker und parkte sich neben uns ein. er steckte einen draht bei der fensterscheibe der fahrertür des wagens hinein und machte die tür wieder auf.

der älteste mechaniker konnte auch mit einem dietrich versperrte türen öffnen, aber nur bestimmte. einmal, als die eltern weggefahren waren und vergessen hatten, mir wie sonst den schlüssel auf dem üblichen mauervorsprung zu hinterlegen, riefen sie bei dem mechaniker an. er kam, sah sich alle türen an und machte mir eine auf, durch die sonst nie jemand ging. von dort musste ich durchs ersatzteillager, am kellerabgang vorbei und durch viele flure, gelangte am ende aber doch in mein zimmer, ohne die eigentliche haustür benutzt zu haben.

sonntags schickte mich der vater zum zigarettenautomaten, der an der mauer des lebensmittelgeschäftes angebracht war. die beste sorte war hobby, danach kam johnny. wenn ich johnnys nachhause brachte, weil hobbys ausverkauft waren, war der vater nicht ganz so zufrieden. ich mochte aber die packung. sie sah aus wie jeans. die großmutter rauchte am liebsten falk, die ganz orange waren. nach dem sonntagsessen stellte der vater einen messingaschenbecher auf den tisch. der bruder und ich tranken hohes c aus gläsern mit lustigen aufdrucken, in denen früher einmal nutella gewesen war.

später hörte der vater mit dem rauchen auf und aß stattdessen die gummibärchen aus den kleinen säckchen, die eigentlich für die kinder der kunden bestimmt waren. er reihte sie auf der schreibtischunterlage im geschäft auf, bevor er eins nach dem anderen in den mund steckte.

die mutter hatte ein massagegerät, das aus einem ständer und einem trittbrett und einem gurt mit halbkugeln darauf bestand. wenn man das gerät einschaltete, wurde der gurt in bewegung gebracht, und man musste sich mit einem oberschenkel oder dem hintern dagegenlehnen. manchmal probierte ich es auch aus, aber nicht zu lange. die stellen, an denen gurt gewesen war, kribbelten sehr.

manchmal machten wir am sonntag einen ausflug oder fuhren mittags in die pizzeria. die mutter bestellte dort jedes mal pizza capricciosa und der vater jedes mal pizza diavolo. die mutter schnitt von ihrer pizza den unbelegten rand ab, weil sie keine ganze pizza essen konnte und der teil ohne belag der weniger gute war.

wenn wir am sonntag wegfuhren, kochte die mutter essen für die großeltern vor. beim aufwärmen schaltete die großmutter die herdplatte dann oft nicht runter und ließ das essen anbrennen.

als junge frau war sie einmal sehr schlank und hübsch gewesen, erzählte die großmutter. *so schlank auch wieder nicht*, sagte die mutter, wenn die großmutter nicht mehr im raum war.

wenn wir einen wanderausflug machten, bat die großmutter den bruder und mich stets, ihr einen stein mitzubringen. wenn wir es nicht vergessen hatten und es schöne steine waren, nahm sie sie, schrieb mit filzstift die jahreszahl und den namen des enkelkindes darauf und legte sie auf ihren schreibtisch.

die großmutter malte aquarellbilder auf sehr grobem papier. sie malte landschaften, in denen sie nie gewesen war. wenn sie mit einem bild fertig war, schnitt sie das blatt von dem auf allen seiten verleimten block. wenn besucher die bilder sahen, sagten sie, dass sie sehr schön seien und dass die großmutter damit geld verdienen könnte. die großmutter wollte aber keines verkaufen. sie verschenkte die bilder, aber nur an menschen, die besonders für sie waren. zum geburtstag wünschte ich mir eines mit einer palme.

ohne pulverl steh ich in der früh gar nicht erst auf, sagte die großmutter zur mutter.

wenn wir im sommer in den urlaub aufbrachen, jedes mal so gegen mitternacht, damit wir nicht in den stau kamen, stand die großmutter an der tür im hof, winkte dem auto nach und weinte. der bruder und ich winkten kichernd durch die heckscheibe zurück. der vater lenkte den wagen dann um drei ecken zur bundesstraße. als wir das haus an der vorderseite passierten, wartete die großmutter dort schon in dieser tür, und wir winkten nochmals.

der vater fuhr. die mutter schaute auf die schilder, damit er sich an den richtigen stellen links oder rechts hielt und die ausfahrt nicht verpasste.

nach ein paar stunden machten wir rast auf einem parkplatz. die eltern holten sich ihre pölster aus dem kofferraum. das auto wurde von innen versperrt, und alle mussten schlafen. manchmal gelang das jemandem nicht so gut. dann musste er oder sie trotzdem so ruhig wie möglich sein.

bei der mautstelle las die mutter von einem schild die mautgebühr ab. sie zog ihre geldbörse heraus, zählte einen teil der lire, die sie bei der bank im ort gewechselt hatte, passend ab und gab sie dem vater, der sie durch das heruntergelassene fenster einer person in uniform reichte. *hätten nur alle leute das geld passend*, sagte die mutter danach jedes mal, und der vater nickte.

einmal, bereits auf der italienischen autobahn, es war schon hell, krachte unser wagen gegen das vorderauto. der vater hatte nicht mehr schnell genug bremsen können. die italienischen polizisten konnten kein deutsch, die eltern kein italienisch. sie versuchten es auf englisch, aber niemand verstand etwas.

wir fuhren jedes jahr nach italien. in den frühen jahren jedes mal für zwei wochen. in dem jahr, in dem das geschäft umgebaut wurde, verkürzten wir auf eine woche. die mutter kaufte mir eine kleine rote ledertasche mit krokodilsprägung. *als trostpflaster*, sagte sie. zuhause nahm ich einige heftpflaster aus dem medizinschränkchen und packte sie in die tasche.

nach dem umbau des geschäfts schlug der neu verlegte boden wellen. er war aus kunststoff und glitzerte. wenn man auf eine der blasen trat, stieg daneben eine andere auf. im drauffolgenden jahr fuhren wir wieder nur für eine woche weg.

die tore der werkstatt waren grün gestrichen. ein jedes hatte eine kleine runde öffnung. manchmal steckte einer der mechaniker von innen einen schlauch nach draußen in den hof und trat im stehenden auto das gaspedal durch.

kruzi tirkn, sagte die mutter, wenn sie zornig wurde, und machte ruckartige bewegungen. ich dachte an das rumpelstilzchen. das u und i und das zischende z erinnerten mich daran. vielleicht auch der zorn.

spinne am morgen, kummer und sorgen. spinne am abend, glück und gaben. spinne am mittag, glück am dritten tag.

jemand hatte aus metall das logo der automarke nachgemacht, als große wanddekoration für das neu renovierte geschäft. die eltern standen davor und betrachteten es. das logo war spiegelverkehrt. da das aber nur den eltern und den mechanikern aufgefallen war und andere leute es wahrscheinlich nicht bemerken würden, blieb es an seinem platz, gut sichtbar an der wand im kundenbereich des geschäfts.

manche der jungen männer, die als kunden oder besucher in die werkstatt kamen, hatten in einem ohrläppchen einen goldenen oder silbernen ring. *flinserl* nannte es der vater. *wuchtgewicht* der älteste mechaniker.

ein mädchen als lehrling konnten wir nicht haben, weil wir dann zwei wcs gebraucht hätten. außerdem brauchte man bei der arbeit in der werkstatt viel kraft und wurde sehr dreckig. *des is nix*, sagte der vater.

welche farbe willst du sein?, fragte ich beim mensch-ärgere-dich-nicht. der vater wollte immer rot sein, obwohl rot sonst eigentlich für frauen war und blau für männer. blau nahm am ende der bruder, weil die mutter, die immer als zweite wählte, grün nahm, und ich, die immer als dritte wählte, gelb. wenn man gewann, konnte man sich freuen. sonst musste man ein guter verlierer sein.

als der bruder größer wurde, fuhren wir manchmal gemeinsam mit dem vater zum modellflugplatz. einmal stand dort eine gruppe von burschen zusammen, die mit ihren mopeds gekommen waren. ich ging hinüber und sprach mit ihnen. der bruder nahm anlauf und rammte mich von der seite. ich fiel.

wenn d'eseln gaumpn, wird 's wetter schlecht, sagte die mutter, wenn der bruder und der vater rangelten. dann lachten alle.

auf dem weg zur schule kam mir jeden tag ein mann entgegen. wir trafen stets im selben abschnitt der strecke aufeinander, ungefähr bei der hälfte zwischen unserem haus und der schule. er war schöner gekleidet als die meisten anderen leute im ort, und er grüßte am freundlichsten von allen. die mutter wusste, wen ich meinte und dass er mit dem autobus zur arbeit in der stadt fuhr. in einem geheimnisvollen ton fügte sie hinzu, dass er einen freund im nachbarort hatte.

der schuldirektor wurde unser klassenlehrer. er fand die schmuckzeilen, mit denen ich die hausaufgaben verzierte, unnötig. ich hörte damit auf.

wir sollten den namen mozarts rückwärts schreiben. so stand es im buch. ich dachte daran, dass der vater mozart stets im scherz *mostnaz* nannte. dennoch gelang mir die übung nicht. *d e n k e n !!!*, schrieb der lehrer in mein heft.

wenn einer aufzeigte und fragte, *kann ich aufs wc?*, sagte der lehrer, *ich weiß nicht, kannst du?*

wenn man in ein poesiealbum schrieb, musste man hinter die weißen seiten einen zeilenspiegel legen. so konnte man verhindern, bergauf oder bergab zu schreiben. bergauf war ein gutes zeichen, bergab ein schlechtes. man durfte sich jedenfalls nicht verschreiben. die mutter passte mit auf. im notfall konnte man falsch geschriebene wörter mit den glitzernden stickern überkleben, die die mutter hoch oben im küchenschrank aufbewahrte. ich brauchte die wörter nur aus dem buch *die schönsten sprüche fürs poesiealbum* abschreiben. es waren meist nur vier zeilen, aber die hand tat danach ein bisschen weh.

poesiealben waren aber besser als die freundschaftsbücher mit den vorbedruckten seiten. dort musste man als eines der ersten dinge sein gewicht angeben. *du bist nicht dick*, sagte die freundin, *du hast nur schwere knochen.*

ich war nicht gut genug in turnen. im bett der eltern übte ich rolle vorwärts und rückwärts. judorolle ging.

brust raus, bauch rein, sagte die mutter, wenn wir nebeneinander durchs dorf gingen. was für den hintern galt, wollte ich wissen.

an der tür zur küche klebte für eine weile mit tixo eine aus dem katalog ausgeschnittene barbie. sie erinnerte mich daran, weniger zu essen, und daran, dass ich sie, wenn ich weniger gegessen und abgenommen hätte, als belohnung bekommen würde.

legen alle töchter im büro den finger in die klammermaschine? drücken alle töchter zu mit der anderen hand?

einmal aus neugier?
das nächste mal zum trotz?

mein erstes auto wird bestimmt eines eurer marke, stand im liebesbrief des jungen. ich verlas ihn im geschäft. *wenn ich groß bin, kauf ich dir einen ring*, stand in einem anderen, von einem anderen.

einmal trug ich einen jeansrock zur schule und eine baumwollstrumpfhose. in der pause rang mich ein junge neben dem lehrertisch zu boden und griff mir zwischen die beine. *hör auf*, sagte ich. er war kleiner als ich, aber er war stärker. er hörte nicht auf. *wenn ich groß bin, kauf ich dir einen ring*, hatte er geschrieben.

einmal ging ich mit einem jungen aus meiner klasse zusammen ein stück des nachhausewegs, stolperte und schlug mir das knie auf. ich hatte ein loch in der strumpfhose und blutete. der junge lachte. er habe mir von seiner bande erzählen wollen, sagte er, *aber du bist ja doch nur ein mädchen.*

an der längswand meines zimmers waren zwei große pinnwände angebracht. eine über dem bett, eine über dem schreibtisch. als die familie mit dem gleichaltrigen sohn ihren besuch ankündigte, pinnte ich poster von indianern an die wand über dem bett. in der mitte platzierte ich ein spielzeuggewehr mit holzgriff.

einmal kam mich ein junge aus meiner klasse besuchen. ich hatte ihn eingeladen, aber er hatte nichts dazu gesagt. er schrieb auch keine briefe. plötzlich stand er vor mir im garten. es war früher abend. ich sagte, *komm mit herein. nein*, sagte er. ich sagte, *warte*, und holte erdbeermilch aus dem kühlschrank. als ich wieder im garten ankam, war er verschwunden.

einmal besuchten wir die familie einer mitschülerin. ich wusste, ihr cousin würde auch da sein. ich band mir ein tuch ins haar. es war orange. es war ungewohnt. ich kontrollierte den sitz des tuches in jedem spiegel, an dem ich vorbeikam. später sagte die mutter, alle hätten mich vor dem spiegel gesehen, und man solle nicht eitel sein und nicht bubennarrisch.

tu deine schenkel zusammen, sagte die mutter, *so können nur männer sitzen.*

der vater sagte zum stecker *mandl* und zur buchse *weiwi*. er kannte sich beim elektrischen aus.

die mutter kaufte *das 1 x 1 des guten tons*. wenn jemand niest, sagt man nichts, stand in dem buch. wenn jemand nieste, sagten aber alle *gesundheit*. wenn man selber nichts sagte, dachten alle, man sei unhöflich. dass man im theater, wenn man in einer reihe an sitzenden leuten vorbeiwollte, immer mit dem gesicht zu den leuten gehen musste, hatte die mutter uns davor schon gesagt. wenn die eltern bei einem konzert gewesen waren, erzählte die mutter nachher manchmal, dass jemand trotzdem andersherum an ihnen vorbeigegangen war, und das, obwohl er doktor war.

schwitzen alle mädchen zuviel? trocknen alle mädchen die flecken unter dem handföhn am klo?

in die knie und arme hoch?

in einem frühsommer stach mich im schlaf eine biene in die wange. ich fand sie tot auf meinem kopfkissen. die mutter sagte, *schreib deine deutschaufgabe darüber.* es sollte um ein unerwartetes ereignis gehen. ich schrieb als überschrift *ein unerwartetes ereignis*.

wenn ich gefetzt, also nicht schön geschrieben hatte, riss die mutter mir die seite aus dem heft, und ich schrieb die aufgabe noch einmal. *wie gestochen*, sagte die großmutter später zu ihren besuchern und zeigte die hefte herum. *obwohl sie eine linke ist*, fügte sie hinzu.

wer zehn diktate hintereinander fehlerfrei blieb, hatte zehn punkte im heft und durfte beim nächsten mal selber den text diktieren. das kam nie vor. außer einmal. ich stand vor der klasse und las vor. die anderen taten so, als ob sie mich nicht verstehen würden, und schrieben nicht.

z'weng und z'vü is im noarrn sei zü, sagte die mutter.

ich schrieb ein buch. ich klebte ein paar blätter zusammen, malte ein titelbild und schrieb. das buch handelte von vier kindern und einem hund. als es fertig war, nahm ich es mit zur schule. eines der mädchen rief, *das hat sie alles abgeschrieben.* ein anderes rief, *ja genau.* ich bin eine betrügerin, dachte ich.

einmal hatte ich an dem tag, bevor das neue schuljahr begann, schon alle hefte beschriftet. doch wir sollten die hefte in diesem jahr ganz anders beschriften als bisher. während der lehrer die vorlage an die tafel schrieb, strich ich auf meinen heften alles durch und schrieb die korrekten angaben klein daneben. später klebte die mutter etiketten darüber, die ich nochmals beschriftete. aber die etiketten waren ein bisschen zu klein. man sah es.

liaba wos dawoat, ois wos darennt.

einmal zündete ich in meinem zimmer eine kerze an und stellte sie ins regal. später bemerkte ich einen dunklen kreis im holz darüber.

oft saß ich auf einem fußschemel mit samtbezug und sehr kurzen geschwungenen füßen, der aus dem wohnzimmer der großeltern stammte. den rücken lehnte ich gegen den heizkörper. wenn es winter war und der heizkörper an, wurde der rücken heiß und bekam rote flecken. ich musste für eine weile abstand halten. hinter mir, über dem heizkörper, waren die zwei fenster zur bundesstraße. wenn es gewitterte oder heftig schneite, drehte ich mich um und schaute eine weile hinaus.

haben alle mädchen halsweh? hören alle mädchen auf, zum doktor zu gehen, auch wenn es nicht aufhört?

weil sich nichts findet?

nichts, das da ist?
nichts, das nicht weggeht?

einmal im jahr wurde im geschäft inventur gemacht. für diesen tag wurden keine reparaturen angenommen, und der vater hängte ein schild an die tür, auf dem stand *heute wegen inventur geschlossen*. ich durfte von der schule zuhause bleiben. die mutter schrieb auf die entschuldigung, dass meine hilfe gebraucht wurde. mit der tante, die normalerweise für die buchhaltung zuständig war, kam an diesem tag immer auch der onkel mit, weil er sich mit zahlen auskannte und seine hilfe daher ebenfalls gebraucht wurde. die mechaniker, der vater, die mutter, die tante, der onkel und ich positionierten uns an unterschiedlichen stellen des geschäfts und des ersatzteillagers. dann rief zum beispiel ein mechaniker die nummer eines ersatzteils aus dem ersatzteillager in richtung büro, wo der onkel saß und die nummer auf einem blatt notierte. danach war kurz stille, weil der mechaniker zählen musste, wie viel stück von diesem ersatzteil vorhanden waren. sobald er es wusste, rief er es dem onkel zu, der das ebenfalls notierte. wenn ein blatt voll war, gab der onkel es der tante weiter, die die preise der ersatzteile heraussuchte und alles zusammenrechnete.

wenn der onkel eine pause brauchte, nahm ich seinen platz ein. ich musste mich konzentrieren, damit mir bei den nummern kein zahlendreher passierte. für die pausen stellte die mutter ein tablett mit wurstsemmeln, die sie im lebensmittelgeschäft nebenan bestellt hatte, auf den verkaufstresen. daneben einen teller mit kuchen, den sie selbst gebacken und schon in stücke geschnitten hatte, und eine große thermoskanne mit kaffee, auf die man oben drücken musste, damit kaffee herauskam. mittags gingen wir in ein gasthaus im ort essen und am nachmittag waren wir fertig.

manchmal fuhr ich im auto der mutter der freundin mit. das lenkrad des autos war mit fell überzogen. die mutter der freundin hielt es mit nur einer hand fest. die türen des autos waren schwer. einmal bemerkte ich, nachdem die mutter der freundin schon losgefahren war, dass ich beim zumachen nicht kräftig genug gezogen hatte und die tür nicht ganz geschlossen war. ich sagte nichts und hielt den griff die ganze fahrt über so fest ich konnte.

bei einer geburtstagsparty standen wir vor dem haus des burschen zusammen. einer erzählte was. *kühlschrank zu, es zieht*, sagte ein anderer zu mir. ich hatte mit offenem mund zugehört.

wenn die eltern samstags ausgingen, gab ich dem großvater seine tabletten. er lag im bett, der fernseher lief, und er schlief. ich rüttelte leicht an seinem oberarm, bis er die augen öffnete, und sagte dann laut, in der tonlage, die ich von der mutter kannte, *opa, pulverl nehmen!* wenn er dann den mund öffnete, legte ich die tabletten hinein, eine stoffwindel auf seine brust, schob den schnabel einer schnabeltasse in seinen mund und hob sie leicht an. meistens verschluckte der großvater sich, und saft rann aus seinem mund und über den hals nach unten. ich wischte ihn mit der stoffwindel trocken.

tu dir nichts an, sagte die mutter, wenn sie mich trösten wollte. *sei nicht so angrührt*, sagte sie, wenn sie mich verletzt hatte. *führ dich nicht so auf*, sagte sie, wenn ich mich aufführte.

die bremsen mussten funktionieren, und die lenkung, dann konnte man mit seil abschleppen. meistens schleppten die mechaniker aber nicht selbst ab, sondern die autos wurden gebracht.

wenn der gelbe abschleppwagen des öamtc am sonntagnachmittag ein kaputtes auto in den hof zog, wurden die eltern ärgerlich und sagten, *immer nur am wochenende kommen sie zu uns, weil sie wissen, dass wir da sind und nicht nein sagen werden, unter der woche fahren sie zum großen autohaus in der stadt*. sie gingen dann aber doch hinunter und sprachen freundlich mit den männern in den gelben overalls.

die wägen, die der öamtc zu uns brachte, hatten oft ausländische kennzeichen, weil die autobahn in der nähe war. manchmal mussten die eltern dann mit den kunden englisch sprechen, manchmal auch nur ein schöneres deutsch. sie sprachen dann lauter und machten zwischen den wörtern pausen.

manchmal, wenn die reparaturen länger dauerten, rief die mutter im gasthaus am anderen ende der bundesstraße an und reservierte ein gästezimmer. manchmal nahmen die kunden auch den autobus in die nächstgelegene stadt. oder die mutter nahm sie mit und setzte sie am bahnhof ab, wenn sie einkaufen fuhr.

wenn man das rauschen der autobahn bis zu unserem balkon hören konnte, wurde das wetter schlecht. wenn die bauern an ihre traktoren fässer angehängt hatten, um damit über die felder zu fahren und sie mit mistsuppe zu bespritzen, meistens auch. sie taten es, wenn sie es gut meinten, kurz vor einem regen. dann stank es nicht so.

einmal regnete es in einer nacht in kurzer zeit sehr viel. die eltern waren für ein paar tage weggefahren. in den keller unter den wohnräumen der eltern drückte es manchmal das wasser, wenn es in kurzer zeit viel regnete. ich ging nachsehen. das wasser stand bereits bis zur ersten treppenstufe. ich weckte den bruder. wir krempelten unsere jogginghosen hinauf und wateten durch das wasser. wir schöpften mit kübeln. es brachte nichts. ich rief die feuerwehr. wir warteten, aber sie kam nicht. der bruder ging wieder schlafen. ich rief nochmal an. viele keller seien überflutet, es werde dauern, sagte die dame am telefon. es war schon hell, als das feuerwehrauto in den hof fuhr. während die männer – einige waren nachbarn, oder ich kannte sie vom sehen – den schlauch in den keller trugen, machte ich kaffee, öffnete eine packung jener kekse, die die mutter sonst den kunden zum kaffee anbot, und schüttete sie auf einen teller.

im ort gab es zwei bushaltestellen. eine auf der einen, eine auf der anderen seite der bundesstraße. ein bus fuhr morgens richtung nachbarort zur hauptschule, ein anderer in die gegenrichtung, zur nächsten stadt, wo das gymnasium war und alle anderen schulen. ich ging nicht ins gymnasium, weil man danach keinen beruf hatte und studieren gehen musste. ich nahm aber dennoch den bus, der in die stadt fuhr, weil ich in die klosterschule ging, die eigentlich eine hauptschule war, aber eine bessere. nachmittags fuhren die busse wieder zurück und hielten an den haltestellen der gegenseite.

die bushaltestellen konnte man vom geschäft aus sehen, wenn man das gesicht nah an die fensterscheibe hielt. wenn es im winter sehr kalt war, wartete ich dort mit der mutter, bis der bus bereits an der ortseinfahrt war, und lief dann los. manchmal war ich einfach so spät dran. die mutter stand dann im geschäft und rief mich, wenn sie den bus kommen sah. hinter mir sperrte die mutter die geschäftstür wieder zu. es war noch früh.

auf unserer buslinie gab es zumindest drei fahrer. wir sagten *chauffeur*. einen nannten wir beim nachnamen, weil jemand wusste, wie er hieß. wir sagten aber nicht *herr* sondern *der*. die beiden anderen nannten wir *den lieben* und *den alten*. der alte und der mit dem nachnamen kontrollierten unsere schülerfreifahrtausweise jedes mal beim einsteigen, auch nach jahren, ohne ausnahme, obwohl sie sich unsere gesichter eigentlich hätten merken müssen. beim lieben konnten wir die ausweise in der tasche lassen. wer wann dienst haben würde, konnten wir nie vorhersagen, auch nach jahren nicht. manchmal hatte ich den ausweis vergessen und fürchtete, dass, wenn der alte oder der mit dem nachnamen am steuer sitzen würde, ich einen fahrschein würde kaufen müssen. stattdessen schimpfte der alte oder der mit dem nachnamen und ließ mich dann doch durch. wenn ich den ausweis vergessen hatte, fürchtete ich mich morgens, atmete kurz durch und fürchtete mich dann weiter den ganzen tag über bis zur rückfahrt nach der schule.

einmal hatte ich einen schwarzen strickhandschuh verloren. die mutter rief deshalb bei der postgarage an. zwei tage später gab mir der chauffeur mit dem nachnamen morgens beim einsteigen den handschuh. er kannte mich also doch. die mutter brachte zum dank eine packung kaffee in die postgarage.

in der klosterschule war die mutter auch schon schülerin gewesen. es gab eine klosterschwester, die sie noch kannte. sie hatte sie in turnen gehabt. *kind, du hast blei im hintern*, habe sie zu ihr gesagt, wenn sie den felgeaufschwung wieder einmal nicht geschafft hatte. die turnschwester der mutter war jetzt für das bibliothekszimmer der schule zuständig. bei jedem band *hanni und nanni* oder *tina und tini*, den ich zum ausleihen auf ihren tisch legte, sagte sie, *kind, lies einmal etwas gescheites,* und deutete auf den schrank mit den büchern von wolfgang hohlbein. ich las lieber weiter internatsgeschichten.

anfangs hatten wir in deutsch eine schwester. sie brachte uns neben rechtschreibung und grammatik auch lieder für die maiandacht bei, dirigierte mit, wenn wir sangen, und zeigte bei jeder nachsilbe, die wir betonen sollten, mit ihrem kleinen finger nach oben. ansonsten gab es nicht mehr viele schwestern, die unterrichteten. in religion hatten wir eine weltliche lehrerin, die aber sehr gläubig war und uns erzählte, dass john lennon gestorben war, weil er einen pakt mit dem teufel geschlossen hatte. von der lehrerin im kochunterricht erfuhren wir, dass man beim gemüseschneiden krallenhände machen musste.

ein semester lang hatten wir einmal in der woche das fach babypflege. später gab es ein sexualkundeprojekt, über dessen abhaltung die eltern abstimmen hatten müssen. im handarbeitsunterricht strickten wir ein babyjäckchen. mit stricknadeln in der hand durfte man am gang nicht rennen.

zum schularzt mussten wir zu dritt hinein. nachdem er mich gewogen hatte, sah er mich an und sagte, *du weißt es eh*. er nahm mein handgelenk, zog mit zwei fingern seitlich an der haut, drückte sie bis ins darunterliegende fleisch zusammen, sah mich wieder an und sagte nichts mehr.

ich hatte ein hellblaues leibchen mit einer kapuze. es war teuer gewesen. die mutter hatte es mir in dem geschäft gekauft, in das wir immer extra fuhren, weil die verkäuferin sich auskannte und es die wichtigsten marken gab. als es noch sehr neu war, hatte das leibchen im brustbereich auf einmal einen kleinen fleck, der beim waschen nicht mehr herausging. die mutter nahm ein ende des zugbandes der kapuze und nähte den knoten genau über den fleck. das zugband baumelte nicht mehr normal herunter, aber man bemerkte es kaum. ich zog das leibchen dennoch selten an. die freundin hatte gesagt, dass es zu kurz für mich war.

duschen alle töchter, bis alles rot ist? so lange, so heiß? kreuzen alle töchter dabei die arme? vor den brüsten, vorm gesicht?

damit etwas versehrt wird?
und etwas verschont?

wir sollten einen aufsatz über die region schreiben. die lehrerin erzählte, dass ein fruchtsafthersteller einen wettbewerb ausgeschrieben hatte und dass man so viel fruchtsaft gewinnen konnte, wie man selber wog. ich lieh ein buch über die region aus. die orte klangen darin nicht besonders interessant. ich beschrieb sie in meinem aufsatz trotzdem so, als wären sie es, und gewann. als ich am tag der preisverleihung in den veranstaltungssaal kam, waren dort schon viele schüler aus anderen schulen, die ebenfalls gewonnen hatten. es gab in dem saal aber gar keine waage, und alle bekamen gutscheine für dieselbe menge saftpackungen. an einem nachmittag fuhr die mutter mit mir zur verkaufsstelle des fruchtsaftherstellers, und wir holten den saft. leider gab es dort nicht so viele sorten wie im supermarkt und keine, die ich wirklich gerne mochte.

du brauchst stirnfransen, sagte die mutter, *du hast so eine hohe stirn. warum lässt du dir die stirnfransen nicht rauswachsen?*, fragte die schulkollegin, *das würde dir besser passen. ich brauche stirnfransen, ich habe so eine hohe stirn*, sagte ich.

sie müsse mich *conny* nennen, sagte die englischlehrerin, weil es meinen namen im englischen nicht gibt. mir gefiel *conny* nicht, aber für die englischstunden ging es nicht anders. bekommen *und* become *sind falsche freunde*, sagte die englischlehrerin, *genauso wie* brav *und* brave.

wir spielten in der schule theater. das stück hieß *an allem ist die katze schuld.* die lehrerin hatte gefragt, wer die hauptrolle spielen möchte, und ich hatte mich gemeldet. in einer szene hielt ich eine plüschkatze in der hand und kreischte, *iiiiih, eine katze!* alle waren überrascht, wie gut ich das konnte. als die aufführung stattfand, stand ich auf der bühne und bemerkte, dass mich die mütter, die auf den sesseln im publikum saßen, alle ansahen. das kreischen gelang mir nicht.

schlagen alle mädchen den kopf gegen den
tisch, bis es blutet?

weil nichts anderes aufgeht?
weil sonst nichts fließt?

nach den reparaturen mussten die autos probe gefahren werden. männer und autos verschwanden. wohin sie fuhren, ob es bestimmte routen gab, ob sie immer die gleichen nahmen oder wechselten je nach reparatur, dazu stellte ich keine fragen. manchmal kam einer fluchend zurück. der wagen hatte nicht standgehalten.

wenn er, was selten vorkam, selbst einen wagen repariert und probe gefahren hatte, sagte der vater danach manchmal mit einem kleinen lächeln zur mutter, *über den berg hab ich ihn richtig getreten.*

als ich alt genug war, die eltern für ein paar stunden im geschäft zu vertreten, saß ich manchmal nachmittags am schreibtisch hinter dem verkaufstresen und wartete. wenn das telefon läutete, meldete ich mich, indem ich ein *firma* vor meinen nachnamen setzte und am ende fragend mit der stimme nach oben ging, so wie die eltern es immer machten. manchmal war es dann kurz still in der leitung. oft wurde ich auch direkt als meine mutter angesprochen. *ich bin die tochter*, sagte ich dann.

manchmal kamen die mechaniker aus der werkstatt ins ersatzteillager, suchten ein oder mehrere teile heraus und riefen mir deren nummern zu. es war wichtig zu wissen, wer gerade an welchem wagen arbeitete, damit man bereits, wenn ein mechaniker hereinkam, nach dem richtigen rechnungsformular greifen konnte, um die nummern dann dort zu vermerken.

mit sechzehn bekam ich ein moped jener marke, die im geschäft verkauft wurde. beim ersten ausprobieren verwechselte ich gas und bremse und knallte mit dem vorderrad gegen die stoßstange eines in der wiese geparkten gebrauchtwagens. der vater stand daneben und lachte.

in der hbla, die seit kurzem hlw hieß, aber viele sagten einfach knödelakademie, lernten wir vormittags, verschiedene arten von tabulatoren in word-dokumenten zu setzen, nachmittags, wie man knochensuppe macht oder dauphinkartoffeln, und dann, wie man essen vor gästen flambiert oder filetiert. wir zogen dafür schwarze röcke und weiße blusen an und banden uns kurze weiße schürzen um. wenn wir in der großen küche eingeteilt waren, mussten wir weniger komplizierte dinge für viele personen kochen. die freundinnen und ich ließen uns meist für dieselbe aufgabe einteilen. meist verschätzten wir uns bei den portionierungen und mussten am ende etwas von dem schokopudding oder der topfencreme aus den zuerst befüllten schalen in die restlichen noch leeren schalen umlöffeln. manchmal standen wir auch im keller der schule, spritzten gewaschene und getrocknete tischtücher wieder feucht und ließen sie durch die bügelmaschinen laufen.

das habe ich im ganzen leben noch nicht, sagte ich und zögerte. *erlebt*, sagte der freund der freundin. *das geht nicht, das ist eine wortwiederholung*, sagte ich. *du bist komisch*, sagte der freund der freundin.

wir waren zu dritt zelten gewesen. die freundin, die andere freundin und ich. die burschen nebenan nur zu zweit.

in meine ausgehtasche passste eine literflasche. ich füllte die flasche mit wodka-orange zum vorglühen für die freundinnen und mich. den wodka und den orangensaft nahm die mutter beim einkaufen im supermarkt mit. die mütter der freundinnen durften vom vorglühen nichts wissen. die mütter der freundinnen nahmen mich im auto mit in die stadt. meine ausgehtasche war unauffällig. sie sah nicht so aus, als würde darin eine literflasche platz haben.

wir setzten uns auf eine bank im park, reichten die flasche herum und redeten. wer sich die beine rasierte und wer den intimbereich. die, die einen freund hatten, redeten mehr. wenn die flasche leer war, gingen wir weiter ins pub oder, wenn wir lange geredet hatten, gleich in die disco.

mit der oberstufe kam das internet. das modem stand neben dem computer im büro. abends, wenn keiner sonst den computer brauchte, startete ich den chat.

einer hatte blau gefärbte haare. er filmte sein zimmer für mich und schickte mir die videokassette. einen sommer lang schrieben wir uns. jeden tag, bevor ich mit dem moped zu meinem ferienjob in die stadt fuhr, ging ich quer über die bundesstraße zur post, wo wir wegen des geschäfts ein postfach hatten, weil ich hoffte, dass zwischen den briefen für die eltern ein kuvert für mich sein würde. meistens war es das auch.

einmal fuhr ich mit dem zug in die große stadt. der freund mit den blauen haaren und ich aßen eis auf einer dachterrasse, und ich vergaß meine liebste bluse über der sessellehne. erst im zug zurück vermisste ich sie.

einer war jahre älter. er hatte studiert und kam aus einer größeren stadt. die mutter mochte seine stimme am telefon. *ich dachte mir schon, dass du keines dieser mädchen bist*, sagte er und küsste mich feucht unter seinem regenschirm. er brachte mich mit dem auto zurück, parkte mitten im ort, vor unserem haus, und beugte sich zu mir herüber. *nicht hier*, sagte ich, und er startete den wagen. er fuhr hinaus aus dem ort, über die landstraße, und hielt auf einem leeren parkplatz. wir waren auf der kuppe genau über der senke mit dem haus der anderen großeltern. es war dunkel, es war weit genug. ich sagte nichts mehr.

mit siebzehn begann ich in der stadt mit dem führerscheinkurs. kurz darauf verunglückte der freund mit den blauen haaren mit dem moped. ich erfuhr in einem chat davon. seine mutter schickte mir einen karton mit allen meinen briefen an ihn. ich legte seine videokassette und alle seine briefe an mich dazu. mit den fahrstunden pausierte ich eine weile.

manchmal übte ich sonntags mit dem vater auf dem leeren parkplatz des möbelhauses am rande der nächstgelegenen stadt das autofahren. ich fuhr die markierten reihen auf und ab und slalom zwischen den kleinen bäumen, die symmetrisch in den asphalt gepflanzt waren. ich fuhr an und stoppte, gab gas und bremste, schaltete in die verschiedenen gänge, rauf und wieder runter, wie der vater es mir sagte. meist schlug er am ende vor, dass ich auch gleich selbst die kurze strecke vom möbelhaus über die bundesstraße bis nachhause fahren sollte. die 100 km/h, die dabei auf manchen abschnitten erlaubt waren, schienen mir viel zu schnell. ich schaute abwechselnd auf die straße, in den rückspiegel und auf den tacho und stieg, wenn es nötig war, behutsam weiter aufs gaspedal. meine beine und meine arme verkrampften sich. ich traute mich aber auch nicht, langsamer zu fahren.

in einer fahrstunde musste man auf die autobahn. die fahrlehrerin lotste mich zu einem kreisverkehr etwas außerhalb des stadtgebietes. ich fuhr bei der auffahrt im westen der stadt auf, überholte zwei lkws, reihte mich wieder rechts ein und hielt mich danach beständig hinter einem weiteren, nicht so langsamen lkw, bis zum osten der stadt, wo mir die fahrlehrerin bedeutete, dass ich wieder abfahren konnte.

bei der praktischen prüfung parkte ich den wagen rückwärts so weit weg von der markierung ein, dass der prüfer mich ansah und sagte, *naja.* dann reichte ihm die assistentin der fahrschule eine tasse mit heißem tee, und er redete lieber mit ihr. später auf der landstraße fuhr ich so langsam, dass der prüfer auf der rückbank herumrutschte und sagte, ich könne ruhig gas geben. der fahrlehrer auf dem beifahrersitz sagte nichts. danach hatte ich bestanden.

einer kam aus dem süden des landes. er wusste viel. sein vater war ein professor. nachts nahm ich meine bettdecke mit ins geschäft, wickelte mich darin ein und rief ihn an. immer musste ich anrufen. hätte er es getan, hätten alle telefone im haus geläutet. wenn es bei ihm nachts läutete, war das egal. meistens redete er, und ich hörte zu, oder wir schwiegen. manchmal stellte er mir fragen, um zu überprüfen, ob ich etwas wusste oder nicht. meistens sagte ich nichts, auch wenn ich die antwort kannte. einmal musste ich in das schweigen hinein aufstoßen. *wie ein frosch*, sagte die stimme am anderen ende der leitung und lachte.

wenn ich nachts telefoniert hatte, war ich in der schule müde. einmal gingen wir mit der klasse ins theater. ich schlief ein, wachte davon auf, dass mein kopf nach vorne kippte und schlief wieder ein. in bildnerischer erziehung bearbeiteten wir specksteine. die freundin machte einen delfin. die andere freundin machte einen aschenbecher. die lehrerin hatte vorlagen dafür. ich machte einen fels und einen rücken mit einer wirbelsäule. als ich an der kopfpartie feilte, wurde eine hellere stelle im stein sichtbar. der titel meines steins war *mann am abgrund*. das sagte ich aber niemandem.

es gab ein leihauto für kunden, deren eigener wagen gerade repariert wurde und die kein zweites auto hatten, aber dringend fahren mussten. alle paar jahre wurde es gegen ein besseres ausgetauscht. es waren aber immer ältere modelle, die der vater beim verkauf eines neuwagens zurückgenommen hatte, und manche kunden beschwerten sich darüber, weil man im großen autohaus in der stadt als leihauto immer die neuesten wägen bekam.

als ich alt genug war, die eltern während ihres urlaubs im geschäft zu vertreten, saß ich im sommer stets eine woche am schreibtisch hinter dem verkaufstresen. die meisten kunden verwechselten mich am telefon weiterhin mit der mutter. sie ließen sich aber auch von mir termine für reparaturen geben. bei anderen fragen wählte ich die nebenstelle der werkstatt und verband sie mit dem mechaniker.

wenn gerade wenig zu tun war, kam der mechaniker ins geschäft, setzte sich neben mich an den computer und suchte mit einem speziellen programm nach ersatzteilen. er schrieb sich die nummern auf kleine zettel, die er sich in die tasche steckte, wenn er fertig war. ich sagte nichts. *die pfuscher ruinieren uns das geschäft*, sagten die eltern. zu dem mechaniker sagten aber auch sie nichts.

als ich den führerschein hatte, bekam ich kein eigenes auto. ich hatte nicht daran gedacht, aber die freundinnen fragten, *warum, dein vater verkauft doch autos*. wenn gerade kein kunde ein leihauto brauchte, konnte ich den wagen benutzen, der gerade dafür vorgesehen war. ich nahm auf meiner stereoanlage hiphop-cds auf kassette auf, steckte sie in das autoradio und drehte die musik beim fahren sehr laut. eine servolenkung gab es nicht. in der stadt fuhr ich meist so lange durch die straßen, bis ich einen parkplatz gefunden hatte, in den man schräg hineinfahren konnte.

einmal stand ich auf dem weg aus der stadt nachhause im stau. die straße ging ein wenig bergauf, und als ich versuchte, wieder loszufahren, starb mir das auto ab. immer wieder. die fahrer der autos hinter mir hupten. ich versuchte es weiter. das auto starb ab. irgendwann ging es. ich zitterte den ganzen restlichen weg.

einmal lieh ich mir eine weite hose vom bruder, schnürte sie mir mit einem gürtel auf die taille, und wir fuhren zu einem hiphopkonzert in einer nahe gelegenen stadt. ich nahm die bundesstraße, obwohl es über die autobahn schneller gegangen wäre, aber ich fuhr nie auf der autobahn, und der bruder war froh, überhaupt zu dem konzert zu kommen. wir fuhren viele kurven durch viele unbekannte dörfer und brauchten sehr lange. auf dem rückweg war es nebelig und wir brauchten noch länger.

im keller eines gasthauses in der stadt gab es manchmal partys. dorthin zu gehen war meist besser als in die disco. es kamen fast nur schüler aus den schulen der stadt. wenn es schon spät war, wurde immer *griechischer wein* gespielt. alle waren dann schon ziemlich betrunken, bildeten einen großen kreis und schunkelten im takt. einmal kam neben mir im kreis einer zu stehen, der ins gymnasium ging. niemand nannte ihn beim vornamen. alle sagten *der kleine* und seinen nachnamen, weil er einen älteren bruder hatte, der *der große* genannt wurde. nachdem das lied zu ende war, tanzten wir zu zweit weiter und küssten uns mit zunge. danach grüßten wir uns eine zeitlang, wenn wir uns morgens auf dem stück des weges begegneten, das sich die schüler des gymnasiums und die schüler der anderen schulen teilten. irgendwann hörten wir damit auf. irgendwann später verbreitete sich die nachricht, dass der große sich umgebracht hatte. *die besten sterben jung*, hatte jemand auf ein plakat am eingang der schule geschrieben.

mim ford fohrst fort, mim zug fohrst ham, sagten die mechaniker und lachten. eines nachts stand ein reh vor mir auf der landstraße. nach dem aufprall verschwand es spurlos. später überschlug sich der wagen an fast derselben stelle mit mir bei eisiger fahrbahn. es war ein kleiner wagen. wir hatten ihn *mücke* genannt.

der älteste mechaniker wurde pensioniert. lehrlinge nahm der vater keine mehr auf, auch keine männlichen, weil er es sich nicht mehr leisten konnte. er blieb mit einem meister zurück und wechselte zwischen werkstatt und büro.

irgendwann trafen der aus dem süden des landes und ich uns in einer stadt auf halber strecke. am telefon hatte er gefragt, was ich anhaben würde. ich hatte gesagt, *eine braune hose mit blumenstickerei und ein weiß-gelb-braun gestreiftes oberteil*. er hatte auf einem zettel notiert, *sehr braun*. als wir in der stadt in der mitte aus dem bahnhof traten, regnete es leicht. er hatte einen knirps seines vaters dabei, den er nicht aufbekam.

später, als der aus dem süden in eine stadt in der nähe zum studieren zog, fuhr ich manchmal nach der schule zu ihm. wir wollten miteinander schlafen, aber es ging nicht. er sagte, ich sei zu angespannt. er sagte einen medizinischen begriff, den ich nachschlug. einmal trank ich vor dem studentenheim, in dem er wohnte, eine halbe flasche rotwein, damit ich entspannter wurde. es ging trotzdem nicht.

einmal bestellte ich an der bar in der disco ein getränk, und einer mit kurzen haaren und muskulösen oberarmen sprach mich an. er war ein wenig kleiner als ich, aber ich trug auch stiefel mit plateausohlen. seine wohnung war nicht weit weg. er hatte als sitzgelegenheit nur einen drehstuhl, aber er wohnte auch nur am wochenende hier. ich hatte meine tage. er sagte, *das macht nichts.* danach sagte er, ich könne duschen gehen.

als ich zum studieren in die große stadt ging, gab es das geschäft noch. als ich als frau magister wiederkam, nicht mehr. das schild der automarke an der hausfassade blieb. niemand dachte mehr daran, bis eines tages zwei männer mit einer leiter und werkzeug kamen und es ohne ein wort abmontierten. mit dem autofahren hatte ich inzwischen aufgehört.

Moritz Franz Beichl

Die Abschaffung der Wochentage

Roman, 176 Seiten

ISBN 978 3 7017 1757 6

Der Roman ist aufwühlend, mitreißend und witzig zugleich.

Alice Pfitzner, ORF, ZIB

Der Roman ist Psychiatrie-Tagebuch, Protokoll einer Depression und Bekenntnis zu Lust und queerem Begehren in einem.

Sebastian Fasthuber, FALTER

Wertvoll ist […] vor allem Beichls Sprache, die sich aus dem Irrglauben windet, Emotionen ließen sich nur möglichst direkt als private Befindlichkeit ausdrücken. Besonders in den Aufzeichnungen aus der Psychiatrie und den Pariser Jahren findet Beichl einen Tonfall, der die Empfindsamkeit eines leidenden Menschen mitteilbar macht, ohne sich im Interieur extremer Subjektivität zu verirren.

Samuel Hamen, DEUTSCHLANDFUNK KULTUR

Es ist ein beachtlicher Debütroman, den Moritz Franz Beichl geschrieben hat – und es ist, wie man meinen könnte, kein tristes Buch. Denn es steckt voll renitenter Überlebenslust.

Eva Schobel, ex libris, Ö1

Kaśka Bryla

Die Eistaucher

Roman, 320 Seiten

ISBN 978 3 7017 1751 4

Die Eistaucher beginnt wie ein vorsichtiger Spaziergang über dünnes Eis, in das man jäh einbricht, und schon gerät man in die Fluten, in einen Strudel, dem man sich nicht mehr entziehen kann: spannend wie ein Krimi, zart und brutal zugleich, mit Figuren, die man nicht mehr vergisst, rätselhaft und grandios!

Ronya Othmann

Bryla gelingt es, zu zeigen, wie durch Aussenseitertum und auch eine gewisse Verneinung der Welt und auch Radikalität in der Liebe Verbundenheit entsteht. Echt tolle Sätze, unglaublich zugängliches Erzählen. Ich hab's gern gelesen. Zum Schluss war ich Fan. Völlig unkommentiertes, queeres Erzählen, dass ich bei ihr immer sehr toll finde. Ein gutes Buch.

Ludwig Lohmann, LETZTE LEKTÜREN

Bryla verwebt Fragen von Unrecht und Eifersucht, Verbundensein und Verantwortung gekonnt in einen bis zur letzten Seite spannenden Plot. Gewaltvoll wie feinfühlig verhandelt Bryla, woran wir glauben, wenn wir jung sind, und was davon mit den Jahren noch übrigbleibt.

Juri Wasenmüller, TAZ

Was für ein wildes, reichhaltiges, fantasievolles Buch!

Nicole Seifert, @nachtundtag.blog, INSTAGRAM

Mieze Medusa

Was über Frauen geredet wird

Roman, 256 Seiten

ISBN 978 3 7017 1760 6

In ihrem neuen Roman ergründet die Poetry-Slammerin und Rapperin Mieze Medusa patriarchale Strukturen.

Christina Pausackl, DIE ZEIT

Feministische Antiheimatprosa meets Poetry Slam: Mieze Medusa trifft alle Töne der Zeit und streckt den Mittelfinger (der Sprache) dem entgegen, für das es nur das Beste sein darf, nämlich dem Patriarchat.

Evelyn Bubich, LITERATURHAUS WIEN

Diese Buch zu lesen fühlt sich an, wie einem feministischem Soundtrack zu lauschen, der schonungslos und zugleich zärtlich starken Frauen und ihren vermeintlichen Unzulänglichkeiten ein Denkmal setzt – und »ganz nebenbei« ein Sittenbild österreichischer Politik zeichnet.

Stefanie Klamuth, AN.SCHLÄGE

Mieze Medusas Roman, der sich wunderbar leichtfüßig liest, macht Spaß. Allein schon deswegen, weil man so manche Situation aus dem eigenen Leben kennt und mal darüber lachen kann.

Margarita Kinstner, RADIESCHEN

Cornelia Hülmbauer, geboren 1982 in Niederösterreich, Studium der Anglistik und Kunstgeschichte in Wien und Malta sowie der Sprachkunst an der Universität für angewandte Kunst Wien, Promotion über europäische Mehrsprachigkeit. Zahlreiche Veröffentlichungen von Lyrik und Kurzprosa in Zeitschriften und Anthologien. 2018 erschien ihr Lyrikdebüt »MAU OEH D« bei Sukultur, Berlin. 2016 war Cornelia Hülmbauer Finalistin beim open mike, 2018 erhielt sie den Theodor-Körner-Preis. »oft manchmal nie« ist ihr erster Roman, Auszüge daraus wurden mit dem Marianne-von-Willemer-Preis 2021 und dem Emil-Breisach-Preis 2021 ausgezeichnet.

Die Arbeit an diesem Buch wurde unterstützt durch ein Projektstipendium des österreichischen Bundesministeriums für Kunst, Kultur, öffentlichen Dienst und Sport sowie ein Aufenthaltsstipendium des von der Petőfi Kulturagentur durchgeführten Ungarischen AutorInnenresidenzprogrammes in der Benediktinerabtei Pannonhalma.

Der Verlag dankt für die Unterstützung

Stadt Wien

KULTUR NIEDERÖSTERREICH

Bibliografische Information der Deutschen Nationalbibliothek
Die Deutsche Nationalbibliothek verzeichnet diese Publikation in der Deutschen Nationalbibliografie; detaillierte bibliografische Daten sind im Internet über http://dnb.dnb.de abrufbar.

www.residenzverlag.com

Umschlaggestaltung: buero 8 / Thomas Kussin
Typografische Gestaltung, Satz: Lanz, Wien
Lektorat: Jessica Beer
Gesamtherstellung: GGP Media GmbH, Pößneck

ISBN 978 3 7017 1770 5